PAVILLON

KONSALIK

Tödliches Paradies

Roman

PAVILLON VERLAG
MÜNCHEN

Pavillon Taschenbuch
Nr. 02/280

Umwelthinweis:
Dieses Buch wurde auf
chlor- und säurefreiem Papier gedruckt.

Taschenbuchausgabe 01/2004

Der Pavillon Verlag ist ein Verlag der
Ullstein Heyne List GmbH & Co. KG
Printed in Germany 2004
Umschlagillustration: ZEFA Visual Media/R.Stroud/Masterfile
Umschlaggestaltung: Nele Schütz Design, München
Druck und Bindung: GGP Media, Pößneck
http://www.heyne.de

ISBN: 3-453-86297-X

Er legte den Tennisschläger auf den Schreibtisch, erhob sich aus dem Sessel und versuchte es erneut. Der Griff leuchtete in einem angenehmen, satten Burgunderrot, in der Mitte von seinen schwitzenden Händen in hundert Tennisschlachten ziemlich geschwärzt, doch darauf saß dieser scheußliche blaue Flicken?!

Grausam...

Tim hatte sich das Klebeband bei Beinzierl in Rottach besorgt und das lose Ende auch ganz gut um die aufgerissene Stelle am Racketgriff bekommen. Nun wickelte er weiter den Griff entlang, langsam und bedacht, so, als habe er einen seiner Patienten zu versorgen.

Ging. Jawohl. – Aber die Farbe! Und eine Schere hatte er auch nicht im Schreibtisch. In die Praxis rüberlaufen? Oh, heiliger Strohsack!... Wieso bloß hast du nicht gleich Leukoplast genommen?

Er ließ das Tape fallen. Müde lehnte er an der Schreibtischkante. Mittwoch... Sein freier Nachmittag! Sechzehn Uhr. Und das Match im Club begann um fünf. Franz kam meistens schon früher. Und sicher brachte er seine Anneliese mit... Der Gedanke gefiel Tim nicht besonders, aber er würde Melissa auf Anneliese loslassen, dann war das Problem erledigt.

Das heißt?

Er ging zum Fenster. Von wegen Tennis in Rottach! Den ›Wimbledon‹ brauchst du auch nicht zu reparieren. Kauf dir 'nen neuen! Für nächsten Mittwoch. – Der Himmel war schiefergrau. Am Horizont sog er sich mit blauer, tintiger Schwärze voll, nur drüben, am Hirschberg, hatte sich eine Lichtschleuse geöffnet und warf eine letzte Bahn wäßrigen Glanzes über die Bergkette, über Hügelkuppen, über Dörfer, Höfe und das bleifarbene Auge eines Sees...

Verdammt noch mal! Gleich würde es wieder losgehen.

Um halb zwei, als Melissa den Schweinebraten aus dem Ofen holte, hatte es schon einmal angefangen: Ein bißchen Tröpfeln, darauf ein kurzer Guß – doch dann hatte der oben ein Einsehen und den Tegernseer Landregen mit dem wunderschönsten Regenbogen beendet.

Diesmal würde es sich einregnen.

Tim nahm das verdammte Wimbledon-Ding in die Hand, riß an diesem albernen blauen Klebezeug und – Scheiße! Das Band nahm gleich die Griffumwicklung mit; wie ein burgunderroter Regenwurm ringelte sie sich bis zu seinem Knie. Er schmiß alles in den Papierkorb: Schläger und Regenwurm.

Mittwoch. – Dein freier Tag!

Er schaltete den Fernseher ein. Und was sah er? Einen fernen Strand... Blaue Wellen... Ein weißes Hotel mit Tennisplatz, den die Zoom-Kamera mit Irrsinnsgeschwindigkeit heranholte. Auf dem Tennisplatz nun ein Mann seines Alters, der, den Schläger in der Hand, einer jungen Frau nachrannte.

Mit Spaß aktiv, da hat man mehr vom Leben! Ihr Leben bleibt bei uns versichert...

Ärgerlich drückte er die Aus-Taste. Hirnrissige Werbe-Heinis! Mit Spaß aktiv? Mit Spaß aktiv – und gleich würde es in Strömen gießen?! Überhaupt, Tennis spielen? Auch nur so ein eingeschliffenes Verhaltensmuster. Praxis geschlossen. Tennis mit Franz. Was denn sonst? Und dann ein Bier oder eine ›Weiße‹, Annelieses Geschwätz und das endlose Palaver über Patienten-Ärger, Kassenschikanen, Gesundheitspolitik, das Melissa so haßte...

Wo steckte Melissa überhaupt? Wieso war er mit ihr nicht nach München gebrettert, Tegernsee satt hatten sie schließlich die ganze Woche. Ja, München. Ins Kino. Woody Allen zum Beispiel. Wie stand es heute in der Zeitung? »Versäumen Sie nicht die neue Woody-Allen-Offenbarung...« Aber den Film kennst du. Woody Allen bist du doch selbst, vielleicht doppelt so groß und bestimmt dreimal so schwer – aber was du abziehst, ist der reinste Woody-Allen-Zirkus!

Tim konnte schon wieder ein wenig grinsen.

In diesem Augenblick ließ ihn das Telefon zusammenzucken. Rrrriing!...

Er dachte angestrengt nach. Mit seiner Privatnummer ging er so geizig um, als wäre sie sein einziger wertvoller Besitz. Leute, die einfach den Doktor Tim Tannert anwählen konnten, ließen sich an den Fingern abzählen. Mama? Sie war Gott sei Dank bei Irma, und seine Schwester hatte nach langen Jahren Erfahrung ein unfehlbares System entwickelt. Sie hielt Oma derartig in Trab, daß diese gar nicht mehr zum Telefonieren kam.

Wer dann?

Tim fühlte, wie tief in ihm das Unbehagen wuchs.

»Tannert.«

»Gott sei Dank! – Na, prima...«

Private Anrufer ließen ihn mit Wehwehs ungeschoren. Von ganz seltenen Ausnahmen abgesehen. Dies war eine.

»Sind's die Katzen?« fragte Tim. »Oder Sie selbst?«

Nur einen einzigen Menschen gab es, dem er nicht nur als Arzt, sondern auch als Veterinär zur Seite stand. Und Helene Brandeis hatte nicht zwei, sie hatte fünfzehn Katzen!

»Tim, ich wünschte, es wär' so.«

»Was ist es dann?«

»Ach, Tim...«

Die ganze Helene Brandeis war ein Phänomen, ihre Stimme machte keine Ausnahme. Ein ziemlich rostiges Organ, und dabei trotzdem so volltönend wie das eines Opernbaritons. Die Heiserkeit darin kratzte die Worte nicht an, sie steigerte sie ins Dramatische und stammte von den Zigarillos, die Helene Brandeis trotz Tims Warnungen und ihrer fünfundsiebzig Jahre unbeirrt weiterrauchte.

»Eine Frage, Tim: Was haben Sie heute vor?«

»Ich? Wissen Sie doch...«

»Stimmt, ja. Mittwoch.«

»Richtig«, sagte Tim. »Mittwoch!«

Er sah durch das Westfenster des Arbeitszimmers, und sein Blick wanderte hinauf zur Hügelkuppe. Dort, zwischen schwarzen, windzerzausten Tannen stand ein Haus, nein, mehr: eine Villa, eine Jugendstil-Villa, ein düsterer Akkord aus Türmchen, Zinnen, efeubewachsenen Erkern und pompöser Verlorenheit.

Dort wohnte sie. Vielleicht starrte sie genauso herunter?

Er hatte sich getäuscht...

»Doktor! Weißt du, wo ich bin?«

»Gleich wird's regnen«, sagte er zerstreut.

Der Himmel wurde noch dunkler.

»Das habe ich schon hinter mir.« Ein Schwanken war in ihrer Stimme, das er noch nie vernommen hatte: »Außerdem, hier regnet's noch immer. Friedhofswetter, wie man's im Kino sieht. Und auf dem Friedhof bin ich. Im Regen. Kennst du das, Doktor?«

Er überlegte. Er kannte es. Es war noch gar nicht lange her, damals vor zwei Jahren... Das Wasser war ihm in den Kragen gelaufen, und die Erde, dieses kleine Häufchen Erde, das er über Klaus' Sarg gestreut hatte, war so klebrig gewesen, daß er es kaum von der Schaufel bekam. Nie hätte er gedacht, daß eine Studienfreundschaft so enden konnte... Doch die Brandeis? Wieso sie?

Er blickte wieder durch das Fenster zum Himmel hoch. Grau. Alles grau. Eine Farbe wie nasser Granit mit Schwefelrändern. Was sollte das? Was sollte das Ganze? Wo war sie überhaupt?

»Wo sind Sie denn, Helene?«

»Wo ich bin? Ich rede doch schon die ganze Zeit davon. In München. Auf dem Nordfriedhof.«

»Was tun Sie am Nordfriedhof?«

»Was tut man hier schon?« Die Stimme, die gerade noch so energisch klang, zitterte wieder ein wenig: »Man geleitet jemand zu Grabe oder wie das heißt. Das habe ich gerade getan...«

»So? Haben Sie?« Angestrengt überlegte Tim, ob nun ein ›Mein herzliches Beileid‹ angebracht wäre. Doch dann dachte er: ›Dein freier Mittwoch!‹ Sie am Nordfriedhof, eine Millionärin und Kugellager-Erbin, die irgendwelche Leute zu Grabe geleitet?!

»Kannst du nicht herkommen?«

»Wie bitte?«

»Bring doch deine bezaubernde Melissa gleich mit.«

Über dem Hirschberg flammte ein erstes Leuchten. Der Donner war nicht zu hören, das war noch zu weit. Oder doch, ja...

»Meine Frau...«

»Richtig.«

»Wohin? Zum Nordfriedhof?«

»Sieh mal, Tim, ich kapiere ja, daß das ein bißchen überraschend ist. Aber ich möchte es hinter mich bringen, wirklich. Und es wäre gut, wenn du deine bezaubernde Melissa gleich mitbringen würdest. Sie wird sich freuen.«

»Ich fürchte«, brummte er in einem verzweifelten Anlauf, humorig zu sein, »die wird mir den Marsch blasen.«

»Trotzdem, Tim – bitte!«

»Ich will ja gerne alles tun, nur...«

»Es ist so wichtig für mich. Und für euch. Nun glaube mir doch. Sieh mal: Ihr habt doch nächste Woche am Montag euren ersten Hochzeitstag? Und den wolltet ihr doch im Ausland feiern, stimmt's?«

Tim nickte benommen. Er erinnerte sich nicht, darüber mit Helene Brandeis gesprochen zu haben. Oder doch? Vielleicht hatte Melissa es getan... Eine andere Erklärung gab es nicht.

»Und?« fragte er vorsichtig.

»Und? – Jetzt, wo Luise... Jedenfalls, ich habe eine Möglichkeit, eine großartige Idee, glaub' mir.«

»Ich glaube ja.«

»Es ist wirklich ein fabelhaftes Angebot. Du brauchst

nur hierherzukommen, ja zu sagen, und du wirst den schönsten Hoch...«

Die Stimme brach ab. War das nicht ein Schluchzen? Das Wort Hochzeitstag zu wiederholen, schien über ihre Kraft zu gehen. Tim schluckte. Hatte der alten Dame dieses Begräbnis derartig zugesetzt? Vielleicht hatte sie Fieber? Wäre ja kein Wunder bei dem Sauwetter.

»Steig in dein Auto und komm!«

»Zum Nordfriedhof?« wiederholte er wie ein Idiot.

Friedhöfe...

Birken, Buchen, Buchsbaum. Tannen und Trauerweiden, die ihre Zweige über Gräber hängen lassen. Drumherum die Mauer. Und natürlich der Gedanke, daß unter solchen Bäumen, hinter diesen Mauern einmal alles enden wird...

Seine fast schon pathologische Abneigung gegen Friedhöfe teilte Tim mit den meisten Medizinern. Schließlich: Was war sein Leben schon anderes, als Jahr um Jahr vierundzwanzig Stunden und sechsundfünfzig Wochen gegen den Friedhof anzurackern?

Bei Melissa biß er auf Granit: »Die Brandeis? Nach München? Und auch noch zum Nordfriedhof?! Na, hör mal, ist das dein Ernst?«

»Ach, Melissa!« – Sie hatte gerade noch die Wäsche reingebracht, nicht rechtzeitig vor dem Regen, aber beinahe. Nun streifte sie ihr feuchtes, blaues Hauskleid ab, stand da, langbeinig, zornig, in weißer Glätte, nichts am Leib als Slip und BH. Sommersprossengesprenkel auf zarten Schultern. Und sprühendrotgoldene, jetzt regenfeuchte Locken! Wenn er trotz der Widrigkeiten, die das Leben so brachte, unbeirrt fest an ein exklusives, fabelhaftes und nur ihm zugedachtes Tim-Tannert-Glück glaubte, so war das Melissa zuzuschreiben. Oder besser, der unfaßbaren Tatsache, daß ein solches Wesen aus dem Märchenbuch sich für ihn entschieden hatte. Ach, seine Melissa!...

Nun – Helene Brandeis hatte ja recht – erwartete sie der erste Hochzeitstag.

»Ein fabelhaftes Angebot, hat sie gesagt?«

In Melissas Augen, Augen von einem so unbeschreiblichen Grün, daß er stets andächtig wurde, erwachten winzige Lichter. Sie tanzten. Lichter des Zorns. Und schon blähten sich auch die Nasenflügel. »Ist ja riesig! Ein Angebot!... Und ich, was bin eigentlich ich für dich? Wenn's schon regnet, dann...«

Sie ließ den Rest unausgesprochen. Sie griff, wie immer, wenn sie um die Beherrschung kämpfte, nach einer ihrer rotgoldenen Locken und wickelte sie erbittert um den Zeigefinger. Melissa – nichts als weißhäutige, grünäugige Empörung:

»Du willst also tatsächlich...?«

Natürlich wollte Tim nicht. Aber genauso natürlich behielt die Oberhand, was Melissa seine ›geradezu charakterlose Gutmütigkeit‹ nannte. Eine verzweifelte Helene Brandeis?! Schon das kaum vorstellbar, aber eine Helene Brandeis, die gerade auf dem Friedhof im Regen gestanden hatte, eine alte Frau, die um Hilfe flehte und dazu noch ihre Bitte mit verrückten Angeboten bereicherte, sie allein zu lassen – wie war denn das zu schaffen? Wer brachte das übers Herz?

Ein Tim Tannert doch nicht.

Naß und schwarzrot glänzte die Backsteinmauer. Tim sah von weitem die von ihm so gehaßten Friedhofsbäume und am Eingang eine Gruppe schwarzer Regenschirme.

Er stieg aus und versuchte sich zu orientieren. Drüben auf der anderen Seite der breiten Straße waren die Friedhofsgärtnerei, Grabsteinbildhauer, Sarggeschäfte... Nicht gerade die Umgebung für jenen Italiener, den sie als Treffpunkt genannt hatte. Und doch – tatsächlich, dazu auch noch direkt unterm Halteverbot, sah er einen Wagen, den er kannte: Ein nougatbrauner Uralt-Mercedes mit rundgeschwungenem majestätischen Hintern. Eine richtiggehende Adenauer-Karosse: Helene Brandeis' Daimler. Sie liebte ihn. Sie ließ ihn von einem Mann, der auch noch Ernst Putzer hieß und in der Hügelvilla als Faktotum diente, täglich wienern. Überdies hatte der Daimler auch noch einen respektgebietenden Namen bekommen: ›Sir Henry.‹ An den Tagen aber, an denen die alte Dame Sir Henry selbst steuerte, verwandelte er sich in den Schrecken des Landkreises. Verkehrspolizisten nahmen vor ihm mit einem Hechtsprung Reißaus, keine rotgeschaltete Ampel, die nicht mißachtet wurde, kein Parkverbotsschild, unter dem er nicht gemütlich auf die Chefin wartete.

Dies schien ein solcher Augenblick zu sein.

Und gleich hinter Sir Henrys nougatbraunem Dach las Tim es nun: *Ristorante.*

Na also. Da saß sie auch, am letzten Tisch, in der letzten Nische, halbverdeckt von einer Gesellschaft in schwarzen Mänteln, Hüten, Anzügen. Naß. Naß waren sie alle.

»Hallo! Hier rüber, Tim!«

Tim schob feuchte Mäntel zur Seite.

Helene Brandeis' schwarzes Kleid wurde dramatisch gesteigert durch das Kornblumenblau ihrer Augen, durch die vielen weißen Löckchen mit einem vornehmen Blaustich und dem weißen Kragen mit der Gemme am Halsausschnitt: Sie hatte irgend etwas vor sich stehen. Schräg und unentschlossen steckte ein Löffel darin. Im Aschenbecher qualmte der unvermeidliche Zigarillo Marke ›Rosana‹. Sie griff danach. »Setz dich, Doktor! Schön, daß du da bist. Wie war die Fahrt?«

»Schlimm. Wolkenbruch bis Rosenheim.«

»Einen Cognac?«

Tim nickte.

»Und deine zauberhafte Melissa?«

An die hatte Tim gerade auch gedacht, erfüllt von Wehmut und Ärger. »An meinen freien Nachmittagen hat die zauberhafte Melissa nun mal kein Verlangen nach Friedhöfen.«

»Ah, so? Ja, ja, natürlich...«

Helene Brandeis lehnte sich zurück und hüllte sich in Rauchwolken. Tim kippte hastig den Cognac. Viel half das nicht.

»Glaubst du eigentlich an Wiedergeburt?« kam Helenes Stimme aus dem grauen Vorhang.

»Wie bitte?«

»Reinkarnation. Marie-Luise glaubte daran. Meine Cousine. Wir haben sie gerade begraben. Für sie dreht sich nun das Rad des Lebens weiter, weißt du. Vielleicht kommt sie wieder? Als Frosch vielleicht, was meinst du? Oder als Katze?«

»Ja nun...«, versuchte Tim Zeit zu gewinnen. Um

eine Antwort mußte er sich nicht bemühen, die alte Dame schoß bereits eine neue Frage auf ihn ab.

»Kennst du eigentlich Formentor, Tim?«

»Formentor? Was ist das?«

Doch er erhielt keine Antwort. Helene Brandeis winkte den Kellner herbei, bezahlte, erhob sich mit seiner Hilfe. Tim ging nun sehr behutsam mit ihr um. Anscheinend war sie ein wenig verwirrt. Kein Wunder bei dem Alter in einer solchen Situation. »Weißt du«, flüsterte sie, während sie sich durch die Gäste schob, »sie hatte immer so ein schwaches Herz, die arme Marie-Luise. Sie war einfach zu dick. Sie wollte zu mir auf den Hügel kommen, um auf die Katzen aufzupassen. Aber damit wird's ja nun nichts mehr...«

Tim nickte. Die alte Dame schüttelte dem dicken Herrn mit der imponierenden schwarzen Haarkrause die Hand, bei dem es sich anscheinend um den Wirt handelte, sagte ein paar Sätze und rauschte nun, majestätisch, als sei sie ganz alleine, zum Eingang hinaus.

Doch dann, noch unter dem Schutz des Vordachs, blieb sie stehen. »Du wirst mich jetzt fahren müssen, Doktor. Du kennst doch meinen Sir Henry?«

»Ja, und mein Wagen?«

»Ist schon alles erledigt.« Sie lächelte ein bitteres, winziges Lächeln. »So ist's nun mal: In meinem Alter brauchst du ein Stammlokal in Friedhofsnähe. Jedenfalls, der Wirt hat einen Scheck bekommen. Sein Sohn wird dir das Auto nach Hause fahren und vor die Haustüre stellen.«

»Sein Sohn? Ja, und die Papiere?«

»Na, erledige das mal.«

Tim tat es. Irgendwie war ihm benommen zumute.

Und so konnte er auch gar nicht anders als nicken, als er sie in ihrem großen, lederduftenden Mercedes 300 verstaute und sagen hörte: »Weißt du, Tim, dies ist ein besonderer Tag. Auch für dich. Du wirst es schon noch erleben.«

»Richtig. Aber...«

»An einem besonderen Tag sollte man auf das Wort ›aber‹ verzichten. Versprochen?«

»Ja. Aber wo fahren wir denn hin?«

»Zu einer Reiseagentur. Stadtmitte...«

Das Reisebüro befand sich in der Maximilianstraße und war ein sehr vornehmes Reisebüro. Innen gab es Marmor, Chrom und Teak, außen war es umgeben von Verbotszonen.

»Auf den Bürgersteig, Doktor!« befahl die alte Dame.

Gut: Wenn sie's so haben wollte...

Sir Henry schaukelte ungnädig, aber er ließ sich willig auf dem Gehsteig parken.

Wohlige Trockenheit herrschte in dem großen, halbrunden Raum. Farbfotos leuchteten von den Edelholzfurnieren: griechische Säulen standen vor einem knallblauen Himmel. Rhodos und Akropolis. Ein goldener türkischer Strand. Die USA waren mit dem rotflammenden Grand Canyon vertreten. *Just come over and see* stand darunter. Der Markusplatz mit tausend weißen Tauben. Und rechts? Verona wohl...

Tim wich zur Seite, um einen fahlgesichtigen, klitschnassen, mageren Mann hereinzulassen, der fluchend mit seinem Regenschirm herumfuchtelte. Mitfühlend sah Tim ihn an. Was konnte ein solches Sauwetter schon bringen, außer Grippe und Frust?

»Tim! Wo steckst du denn?... Nun komm doch!«

Die heisere Stimme gehörte der alten Dame. Dort drüben stand sie: Eine schwarze Säule, umschwirrt von einem braungebrannten Herrn in Lederjacke. Die Lederjacke war anscheinend der Chef. Selbst die Sekretärinnen und Kundenbetreuerinnen starrten. Der Teufel mochte wissen, wie sie das fertigbrachte, aber Helene Brandeis brauchte nie länger als eine Minute – schon war sie der Mittelpunkt.

»Nun komm doch zu uns, Tim!«

Tim kam.

»Dies ist Herr Pichler«, erklärte Helene. »Hier haben wir den Dr. Tim Tannert, meinen guten Freund und Hausarzt aus Rottach. Eines kann ich Ihnen gleich sagen, Herr Pichler: Weit und breit gibt's keinen besseren Doktor! Also, wenn Sie mal an den Tegernsee kommen und Probleme haben sollten...«

»Sehr erfreut!« sagte Pichler strahlend. Er schüttelte ihm die Hand, daß Tim die Finger schmerzten. »Vielleicht gehen wir einen Moment in mein Büro, gnädige Frau. Dann können wir die Geschichte gleich erledigen.«

Die Geschichte? – Heiliger Strohsack, welche Geschichte?

Tim war Allgemeinarzt in einer Gemeinde, die zur Hälfte aus gestandenen oberbayerischen Bauern und zur anderen aus spinösen, reichen Rentnern bestand. Er hatte somit nicht nur gespaltene Forstarbeiterdaumen, die verschiedensten Formen des Alkoholmißbrauchs und gebrochene Nasenbeine nach Wirtshausprügeleien zu kurieren, sondern auch Pensionisten-Wehwehchen aller Art. Gefragt war sein ewig dienstbereites, alles verstehendes, sonniges Landarztgemüt.

Davon hatte er heute genug an den Tag gelegt. Gehörte wirklich auch noch dazu, daß er an seinem dienstfreien Mittwoch die Helene Brandeis von der Beerdigung ihrer Cousine Marie-Luise nach Hause chauffierte?

Natürlich mochte er die Helene. Sicher war sie ein imponierendes Weib, und nicht nur, weil sie Zigarillos rauchte und in ihrer alten Villa auf dem Hügel ein halbes Katzen-Asyl unterhielt, sondern weil die alte Dame große Klasse hatte, eine Klasse, die sie nicht zuletzt bei den großen Honoraren bewies. Aber das hier!

Tim balancierte mit Mühe auf dem Rand eines himbeerfarbenen Sessels, denn im Polster versank man wie in einem Daunenbett. In seinem regen- und sturmumtobten Büro zeigte inzwischen dieser ungemein dynamische Herr Pichler mit der eleganten Haartolle, die er sich immer wieder aus der Stirn strich, was er konnte.

»Aber selbstverständlich, gnädige Frau. Einer so werten, seit Jahren so treuen Kundin wie Ihnen werden wir natürlich entgegenkommen, wie es nur irgendwie geht. Das sagte ich Ihnen ja bereits am Telefon.«

»Sie sagten nicht, so weit es irgendwie geht, Herr Pichler.«

Steil aufgerichtet hatte sich Helene, drohend stieß der Zigarillo in Richtung Pichlers Brust. Gerade und knallhart blickten ihre kornblumenblauen Augen: »Sie sagten, das wird anstandslos geregelt.«

»Aber gewiß, gnädige Frau.« Pichlers Gesicht nahm den Ausdruck eines Mannes an, der gelernt hatte, unabwendbare Niederlagen früh zu erkennen. »Sie wollen also Ihre Formentor-Buchung stornieren?«

»Stornieren? Nichts will ich stornieren... Sie haben mir wieder mal überhaupt nicht zugehört, Herr Pichler! Ich sagte Ihnen doch am Telefon, daß meine arme Cousine Marie-Luise ganz überraschend... Nun, ihr Herz war nie ganz in Ordnung, und obendrein war sie immer verrückt nach Schwarzwälder Kirsch und so Zeug... – äh verschied... Ich hab' immer gesagt: Marie-Luise! In deiner Lage hilft nur eines, abspecken! Ja nun... Jetzt ist es zu spät.«

Pichler rang die Hände: »Ein sehr tragischer Anlaß, der Sie zu mir führt. Ich weiß.«

Er erntete einen Blick voll vernichtender Skepsis. »Sie? Nichts wissen Sie. Marie-Luise war die einzige, die mit meinen Viechern, mit den Katzen und Hunden umgehen konnte. Deshalb sollte sie ja zu mir auf den Hügel kommen. Denn dem Putzer, meinem Gärtnerchauffeur, ist so was nicht zuzutrauen. Der ist da völlig überfordert. Dem kann ich die Kleinen gerade mal für die Zeit einer Beerdigung überantworten. Deshalb hat der Doktor mich ja auch gefahren.«

Pichler schien nun gleichfalls überfordert. Er blies sich die Haare aus der Stirn.

»Also, um was es jetzt geht, Herr Pichler: Ich will, daß meine Formentor-Buchung auf den Herrn Doktor hier übertragen wird. Wir brauchen also nicht mehr eine Suite für eine Einzelperson, nein, wir nehmen eine Doppelsuite. Damit machen Sie auch noch einen hübschen Schnitt, oder? Zwei Buchungen, Herr Pichler! Und zwar für den Doktor – und seine Frau. Und am Samstag fliegen die beiden los.«

Tim schluckte. Er hob die Hand. Er war nun wirklich nervös geworden. Doch wer kam gegen eine Helene Brandeis schon an?

»Den Scheck, den schreib' ich Ihnen hier gleich aus, Herr Pichler. Wichtig ist nur, daß der Doktor seine Papiere und die Tickets gleich mitnehmen kann. Den Formentor-Aufenthalt schenk' ich ihm nämlich zu seinem Hochzeitstag. Verstehen Sie jetzt?«

Pichler bemühte sich heftig. Er strahlte noch mehr. Tim wiederum kapierte noch immer kein Wort.

»Wenn es jemand gibt, der Formentor verdient hat–«, tönte Helene Brandeis' rauhe Stimme, während sich ihre rechte Hand zum Schwur erhob, eine Hand mit ringgeschmückten Fingern, in der obendrein noch ein qualmender Zigarillo klemmte – »dann Herr Doktor Tannert. Wissen Sie überhaupt, was das heißt, den ganzen Tag in so 'ner Praxis zu stehen? Besoffene Bauarbeiter oder verrückte alte Weiber wie mich zu behandeln? Sture Oberbayern, Schwangere, Alkoholiker, Drogenkranke und was weiß ich sonst noch?«

Jetzt wurde es Tim entschieden zu viel. Er lehnte sich im Sessel zurück, streckte die langen Beine und verkündete: »Ich denk' ja nicht dran.«

Zwei Augenpaare starrten ihn an: kornblumenblau und konsterniert das eine, milde verwirrt das andere.

»Ich bin doch kein Postpaket! Und Melissa schon gar nicht. Man kann uns doch nicht einfach so durch die Gegend schicken.«

Die alte Dame in Trauer hatte sich als erste gefaßt. Eine ihrer Brauen rutschte in die Stirn. Es war die rechte. »Bring mich bloß nicht aus dem Konzept, Doktor! Der Tag ist schlimm genug. Und überhaupt: Wer hat denn herumgestöhnt, daß er so gern zur Feier seines Hochzeitstages die ganze Hochzeit einschließlich Hochzeitsreise nachholen möchte, weil vor einem Jahr die Party ins Wasser fiel, da nämlich irgendwelche Drillinge oder sonst was alles versaut hatten. Wer denn, Tim? Du doch. – Und auch deine Melissa war ganz begeistert von der Idee. So. Und jetzt fliegt ihr nach Formentor. Etwas Schöneres, ja Fantastischeres gibt es gar nicht. Stimmt's, Herr Pichler.«

»Ein wirkliches Traumhotel, gnädige Frau. Vielleicht das schönste in ganz Europa.«

Ein Hotel also? – In Tims Schädel verwirrten sich Argumente, Wünsche und Gegenargumente zu einem dicken Knäuel: Ein Hotel namens Formentor?

»Und wo liegt dieses Formentor?«

»Ach, das hab' ich dir noch nicht gesagt? Auf Mallorca natürlich.«

Natürlich. – Tim drehte den Kopf zum Fenster. Draußen goß es. Was heißt goß? Ein Wolkenbruch warf das Wasser gleich kübelweise gegen das Glas.

Mallorca?!

Sein Herz wurde weit, die Gedanken zogen südwärts. In diese Richtung zogen sie schon lange. Helene Brandeis hatte recht: Wie oft hatten Melissa und er davon geträumt, in irgendein Flugzeug zu steigen, einfach so – und ab! Über Länder und Breitengrade, irgendwohin, wo es keine Patienten und keine kassenärztlichen Vereinigungen gab, keine Krankenscheine und Steuererklärungen...

Sein Mund wurde ganz trocken.

»Moment mal, Herr Doktor.«

Der freundliche Herr Pichler flüsterte etwas in seine

Sprechanlage, schon öffnete sich die Tür, und herein schwebte eines dieser lächelnden hochgestylten Wunderwesen, die zu einem Etablissement solcher Art wohl gehören. »Rosi«, befahl Pichler, »gib dem Herrn mal den Formentor-Prospekt.«

Tim blätterte. Papier knisterte in seiner Hand. Schweigen und Erwartung breiteten sich im Zimmer aus.

»Toll!« müßte er jetzt wohl sagen. Das war es sicher auch. Hotel-Prospekte versprechen immer alles mögliche – der aber? Bilder zum Träumen. Gewaltige Betten, kostbare Vorhänge, die eine Aussicht umrahmten, die wiederum nur göttlich zu nennen war. Eine Bucht. Palmen. Weiße Segelboote. Berge.

Und ganz schrecklich distinguierte Herrschaften in einem noch distinguierteren Speisesaal.

»Na, was sagen Sie jetzt?«

Ja, was sagte er jetzt? Gar nichts sagte Tim...

Ein jüngerer Mann und eine ältere Dame fuhren durch den Abend, Richtung Süden... Sauerlach hatten sie hinter sich, schon kam die Abzweigung Tegernsee.

Der Mann ließ den Wagen lässig dahingleiten, wie es zu der chromfunkelnden, antiquierten Vornehmheit paßte.

Im Westen leuchtete noch ein roter Streifen aus den Regenwolken. Himbeersoße auf Haferpapp, dachte der Mann. Aber auch wie ein kleiner Hoffnungsschimmer... Mallorca, dachte er, nächste Woche! Eine Luxus-Suite nebst Swimmingpool. Im Formentor! Gottverflucht, was wird die Melissa da sagen?!

»Ja nun, das Leben.« Die alte Dame seufzte tief hinter ihrem Trauerflor. »Ein bißchen komisch, was, Tim?«

Tim nickte.

»Ich hab' das Gefühl, sie sieht uns zu...«

»Wer? Ihre Marie-Luise?«

»Wer denn sonst?«

»Vielleicht fährt sie mit?«

Helene Brandeis warf einen raschen Blick über die Schulter zurück zur Sitzbank, nicht gerade erschrokken, aber ziemlich wachsam. »Könnte ja sein. Warum nicht? Sie glaubte immer an die Wiedergeburt und solches esoterische Zeug. Aber auf das Wiedergeborenwerden muß sie wohl noch ein bißchen warten... Dabei hätte ich ihr so eine Hochzeitsreise noch in diesem Leben gewünscht.«

»Wie war's denn bei Ihnen mit der Hochzeitsreise?«

Sie lachte ihr Helene-Brandeis-Lachen, leise, rauh, aus der hintersten Bardamenkehle hervor: »Hochzeitsreise? Aber Tim! So verrückt, zu heiraten, bin ich wirklich nie gewesen. Aber ich will dir was sagen: ich habe Sachen hinter mir, da reicht keine Hochzeitsreise heran. Gerade Formentor zum Beispiel... Hoffentlich gibt's da keinen mehr, der sich an mich und all das erinnert.«

»An was denn?«

»An was?« Sie griff schon wieder nach ihren verdammten Zigarillos. »An Juan zum Beispiel. Ein Prachtbild von Olé-Junge, kann ich dir sagen. Aus Granada. Oder war's Malaga? So genau weiß ich das nicht mehr. Bleibt wohl auch das gleiche. Juan war Gärtner oder so was. Den Park kannte er. Da gibt's nämlich einen Tee-Pavillon – und wenn ich das so zusammendenke, den Juan und den Tee-Pavillon... Aber das darf ich ja gar nicht mehr. Im Alter soll man bescheiden träumen... Also, trinken wir einen! Greif mal hinter meinen Sitz, Tim. Da ist so ein Fach, und drin steckt ein Flachmann.«

Tim griff und ertastete kühles Metall. Die alte Dame zog den Becher von der Flasche und goß ein.

Tim schnupperte. »Whisky?«

»Richtig. Da – du nimmst die Flasche, ich den Becher. Auf uns, nein, besser auf dich und Melissa im Formentor!«

Feucht und kühl pfiff der Nachtwind. Helene Brandeis hatte das Fenster heruntergekurbelt und warf ihren Glimmstengel hinaus. Im Rückspiegel sah Tim, wie er, gleich einem winzigen Kometen, einen rotleuchtenden Bogen beschrieb und in einem Funkennest auf der Fahrbahn zerplatzte.

»Siehst du!« verkündete Helene Brandeis stolz. »Das blöde Ding habe ich weggeschmissen. Genau so, wie du mir das empfohlen hast. Aber dafür wirst du mich jetzt nach Hause bringen, und dann werden wir noch gemütlich ein Gläschen zusammen trinken.«

»Und Melissa?« sagte er zögernd.

»Na ja«, meinte Helene weise, »warten steigert die Vorfreude.«

Zehn Minuten später rollte der Dreihunderter in den Innenhof der Villa auf dem Hügel. Schon hier waren die Katzen zu hören: Dünne Kinderstimmen, ein ganzer Chor von Miaus.

Ein schwarzer Kater strich schräg über den Hof, und die dunklen, nassen Mauern schienen noch enger zusammenzurücken. Vor den mondbeschienenen Wolken dort oben stand schwarz, wie in einem Gespensterfilm, die Wetterfahne.

»Nur fünf Minuten, Tim«, sagte die alte Dame, »nicht länger...«

Zehn Schläge hörte Tim, als ihn das Taxi nach Hause brachte. Und Kirchturmuhren irren leider selten.

Er blickte hoch. Über dem Dach, aus einem Wolkenloch, funkelte die Venus. Und im Giebel brannte ein einsames Licht...

Das Schlafzimmer.

»Lissa!«

Der Name hallte durch die Stille des Hauses.

Tim warf dem weißgoldenen Barockengel, der ihm in der Halle zulächelte, den Schal um den Hals. Sie nannten ihn ›Jimmy‹ und hatten ihn sich gegenseitig letztes Jahr zu Weihnacht geschenkt. Er ging hoch. Er hatte das Gefühl, als seien seine Beine etwas schwer.

Ganz vorsichtig drückte er die Türklinke.

Da lag sie nun, die nackten Schultern rosig vom Licht der Nachttischlampe überhaucht, den Blick in ein Buch vertieft. Frauen, die sich im Bett an einem Buch festhalten, haben etwas Bedrohliches, fand Tim.

»Hallo, hallo!« So fröhlich, wie die Stimme flötete, war ihm nicht ums Herz. »Weißt du, daß wir gerade noch einen auf dich getrunken haben? Die Helene und ich... Ja, und auf ein paar andere auch. Auf Marie-Luise zum Beispiel...«

Stille. Der Nachttischwecker konnte ja nicht ticken, der lief elektronisch, und doch glaubte Tim ihn zu hören.

Sauer ist Melissa, sagte er sich. Aber auch du hast deine Trümpfe.

»Ich bring' dir Palmen, Lissa! Und blauen Himmel, statt diesem ewigen, grausigen Dauerregen. Und blaues Meer bring' ich dir natürlich auch.«

Nun ließ sie das Buch doch sinken. Selten waren ihm Melissas Augen so grün erschienen.

»Und wenn du auf den Knopf drückst«, fantasierte er hastig weiter, »kommt ein Kellner. Im Frack, versteht sich. Der bringt dir das Frühstück ans Bett. Oder Champagner. Und das noch um drei Uhr morgens...«

»Sag mal!...«

Doch Tim war in Fahrt: »Wenn du aufstehst, Lissa, gehst du raus auf den Balkon und siehst über die weite, weite Bucht von Alcudia. Die gilt als eine der schönsten der Welt.«

Die beiden kleinen Falten rechts und links ihrer Nasenwurzel zogen sich senkrecht zusammen. Melissas Gesicht wirkte äußerst wachsam und konzentriert. Sie hatte einmal Biologie studiert und sah jetzt aus, als habe sie gerade auf dem Objektträger ihres Mikroskops ein fremdartiges Geißeltierchen entdeckt.

Auch dies vermochte Tim nicht zu stören.

»Kommenden Samstag beginnt unsere Hochzeitsreise, Lissa! Wenn auch mit einem Jahr Verspätung, aber diesmal gebucht. Und daß ich jetzt so spät komme...«, er streichelte ihre Hand, »liegt einfach an der Beerdigung. Marie-Luise ist von uns gegangen... Aber sie will wiederkommen, doch das dauert noch... Inzwischen sind wir schon längst wieder hier. Da, guck mal!«

Hastig griff er in die Brusttasche und schob das lichtblaue, elegante Kuvert, das die Angebote der Agentur Pichler enthielt, ins Lampenlicht. »Das schönste Hotel Europas. Zwei Pools. Für uns 'ne Luxus-Suite mit Himmelbett. Der passende Rahmen...«

»Luxus-Suite mit Himmelbett?« Es waren die ersten Worte, die Melissa sprach.

»Gratis, Melissa. Alles gratis! Von Helene geschenkt.«

Ihr Buch polterte zu Boden. Steil aufgerichtet saß sie da.

»Nun guck dir doch mal die Bilder hier an«, drängte er weiter. »Sieh mal, diese Terrassen! Und das Meer. So richtig idyllisch, nicht? Da, die Berge hier. Und im Park, Melissa, gibt's einen Tee-Pavillon. Da haben schon Helene und ihr Juan gefeiert. Da feiern auch wir...«

Wölkchen unter der rechten Tragfläche. Es waren drei Stück, eine große und zwei kleine. Die kleinste hatte sich sogar goldene Ränder zugelegt. Und ganz tief unten ein rosa, heller Fleck, der Striche dünn wie Spinnfäden ins Land schickte: Die Stadt Marseille. Im Westen aber dehnte sich das weite blaue Meer.

Tim fühlte einen kleinen Stich unter den Rippen. Auch Melissa hatte ganz große, andächtige Augen. Wie oft hatten sie sich genau dieses Bild schon vorgestellt? Nun war es – Lob und Preis sei Helene Brandeis – Wirklichkeit geworden. Wirklichkeit waren die bequemen First-class-Sitze, war diese entzückend zuvorkommende Lufthansa-Stewardess mit dem schwingenden, schwarzen Pferdeschwanz, dieses hervorragende Hirschfilet mit Croquetten und Preiselbeeren, die Flasche Mosel auf dem aufgeklappten Tischchen, die fürsorglich sonore Kapitäns-Stimme aus dem Lautsprecher: »Die Temperatur auf Mallorca beträgt zweiunddreißig Grad, und auch für die nächsten Tage ist eine Hochlage angesagt. Sie haben also das schönste Ferienwetter zu erwarten...« Es gab so viele Wirklichkeiten, die man gar nicht glauben mochte. Die Insel, die dort unten auftauchte, der kleine Ruck, als die Räder des Flugzeuges den Boden zurückeroberten, und dann, auf der Rolltreppe, der erste Gruß Mallorcas: Seidenweiche, warme Luft, gemischt mit Benzin- und Meeresduft... Weder Wasserlachen noch Wolken – dafür Touristen. Die allerdings herdenweise...

Zwanzig Minuten später schon steckte ihr Gepäck im Kofferraum eines großen, schwarzfunkelnden Mercedes. Im Gegensatz zu Helene Brandeis' Dreihunderter war das Ding brandneu.

Hotel Formentor stand in vornehmen, winzigen Goldbuchstaben auf den Vordertüren. Selbst der Chauffeur war eine Sensation: Bei so breiten Schultern, so schmalen Hüften und so unglaublich weißen Zähnen blieb Tim gar nichts anderes übrig, als sich Helenes ›Olé-Jungen‹ Juan vorzustellen...

»Wie findest du den?« erkundigte sich Melissa.

»Dem Stil des Hauses entsprechend«, erwiderte Tim knapp.

»Genau. Und sicher bedient der die einsamen amerikanischen Millionärinnen.«

»Jetzt hör mal!« Womöglich hatte sie recht. Vielleicht hätte auch Helene Brandeis...? Aber nein, Helenes Intimsphäre Melissas Lästerzunge preiszugeben, das wollte Tim nun auch wieder nicht.

»Gratis gibt's ihn jedenfalls nicht«, meinte Melissa und schritt mit wehendem Goldhaar dem aufgerissenen Schlag entgegen: »Und ich könnte ihn mir sowieso nicht leisten.«

Das schien Tim nun doch zuviel: »Jetzt mach mal 'nen Punkt! Schließlich fahren wir zu unserer Hochzeitsfeier.«

»Ja eben.« Melissa lachte übermütig.

Um dort hinzukommen, war noch einiges an Weg zurückzulegen. Und so glitten sie nun hinter getönten Scheiben, vom kühlen Atem der Klimaanlage umfächelt, quer über die Insel.

Auf den Hügeln standen sand- oder ockerfarbene Bauernhöfe, von denen Melissa behauptete, sie wirkten wie aus Brot gebacken. Sie sahen die Türme von Windmühlen. Die Flügel daran, sagte Melissa, seien wahrscheinlich längst verheizt worden. Weiter von der Straße entfernt tauchten auch Schlösser, Klöster und sehr, sehr ehrwürdige Kirchtürme auf. In großen Körben am Straßenrand wurden rote Tomaten und leuchtende Orangen angeboten. Knoblauchschnüre hingen von den Hauswänden. Dies alles sollte die Touristen wohl dazu bringen, anzuhalten und einzukaufen. Doch die hielten nicht; sie schwärmten in Leihwagen durch die Gegend oder fuhren vornehm separat im klimatisierten Hotel-Mercedes wie Melissa und Tim.

Das Meer sahen sie nicht. Noch nicht.

Dafür aber einen hochrädrigen Karren, den ein schwarzes Maultier zog. Und der Mann auf dem Kutschsitz hatte den Hut im Gesicht.

»Mensch«, sagte Melissa staunend, »der pennt im Fahren!«

»Du spinnst ja.« Aber dann erwischte Tim doch noch einen Blick – und tatsächlich. Der alte Mallorquiner auf dem Kutschbock hatte die Augen geschlossen! Da kam Tim erst recht ins Träumen: »Was für ein Land! Das wär's doch. Sich ein Maultier kaufen und von Patient zu Patient ziehen lassen. Und dabei pennen.«

Richtig ehrfürchtig wurde ihm zumute.

Und nun, tatsächlich – das Blau dort! Die Hügel senkten sich zum Meer, und das wiederum wurde wie in einer Umarmung von zwei Landzungen umschlossen.

Der Chauffeur hob den Arm. »Dort – Alcudia. Sehen Sie?«

Sie sahen.

»Und links, da geht's nach Formentor.«

»Sieht aus wie ein Drachenkamm«, meinte Melissa.

»Da sind wir aber gleich drüber weg«, beruhigte sie der Fahrer. Und dies auch noch in flüssigem Deutsch. Wo er das wohl gelernt hatte? Schon wieder drängte sich Tim der Gedanke an Helene Brandeis auf...

Sie waren auch gleich darüber hinweg; es brauchte nicht länger als fünfzehn Minuten. Aber was für Minuten das waren! Schwindelerregende Serpentinen, Felswände, die senkrecht in die tobende Brandung stürzten, einsame Pinienwälder – und wieder zerklüfteter Stein, Ausblicke, die nicht nur begeisterten, sondern auch ein flaues Gefühl im Magen erzeugten. »Eine richtiggehende Wagner-Landschaft«, fand Tim. »Fehlt nur noch der fliegende Holländer...«

Dann aber wurde die Welt licht und hell. Ein Tal öffnete sich, ein liebliches, paradiesisches Tal, aus dem wie bunte Nester Blüten leuchteten. Und hinter den Blüten – wieder das Meer, schimmernd, blau und grüßend.

Dazu noch dieser Duft: Pinien und Rosen!

Tief sog Tim ihn in sich ein. Richtig ergriffen war er. »Stark!« sagte er, ergriff Melissas Hand und drückte sie. »Sehr stark. Tausendmal schöner als Griechenland.«

Dort war er mal gewesen, auf Lesbos, im VW-Bus mit einer ganzen Clique von anderen Assis aus der Essener Klinik.

Sie lächelte. Sie lächelte mit mütterlicher Liebe. Nun geriet Bewegung in Melissa; sie beugte sich nach vorne, gab sich einen Ruck und schubste energisch den Chauffeur an: »Halten Sie bitte! Ich möcht' gern raus.«

Der Chauffeur hielt. »Wie bitte?«

Auch Tim schluckte.

Aber sie hatte schon die Türe offen. »Nun komm doch, Tim! Siehst du nicht? Da vorne ist doch das Hotel.«

Vorne? Ja, dort, in der Ferne, durch ein Spalier hoher roter Stämme schimmerte es weiß. Und nun sah er auch Hinweisschilder: *Zum Golfplatz – zu den Tennisplätzen.* Alles, was Formentor zu bieten hatte, war mit kleinen weißen Männchen ausgeschildert. Dann die Blumen, ganze Explosionen von gelben und rosafarbenen Margeriten, Hibiskus, die Oleandersträucher, dazwischen Rosen.

Melissa lachte. Und wenn sie lachte, sah sie aus wie eines dieser Mädchen auf den Reiseagentur-Plakaten.

»Nun komm schon endlich!«

Der Fahrer mit seinem tiefdunklen Olé-Jungen-Gesicht sah Tim fragend an. »Bringen Sie schon mal das Gepäck ins Hotel«, beschied Tim, dann begann er selbst zu laufen. Irgendwo dort zwischen grünen Zweigen und weißem Brandungsgischt wehten Melissas rotblonde Haare. Beide Schuhe hatte sie in der Hand, rannte wie eine Verrückte, rannte wie ein Kind, war bereits am Wasser, patschte die nackten Füße in die Wellen, schmiß die Schuhe weg, griff mit beiden Händen zum Rocksaum und zog ihn hoch – das war immerhin rein resedafarbene Rohseide! Eines ihrer teuersten Ensembles hatte sie sich für die Reise angezogen: Luxus-Hotel bleibt schließlich Luxus-Hotel...

Tim wußte nicht, ob er nun schimpfen oder einfach nur staunen sollte.

»Mensch, spinnst du? Du wirst doch ganz naß.«

»Na und? Sieh mal, Tim, lauter Muscheln! Und was für schöne. Komm, Tim, hilf suchen!«

Sie zerrte ein Taschentuch aus ihrer Handtasche.

»Aber jetzt doch nicht, wir haben doch noch tagelang Zeit dazu.«

»Jetzt!«

»Du, zum Hotel ist es noch ein ganzer Kilometer. Wie kommst du bloß auf die Schnapsidee, den Wagen hier halten zu lassen?«

Aufrührerisch ließ Melissa ihre Haare fliegen. »Tim Tannert! Jetzt hör mir mal zu: Leute mit Stil fahren nicht im Taxi vor, sie nehmen Besitz. Und so was macht man zu Fuß. Oder zu Pferd. Kapiert?«

»Nein.« Wie auch? Sie war nun mal verrückt, doch wenn er etwas an ihr liebte, dann waren es Melissas Einfälle.

Und so nahmen sie Besitz von Formentor.

Es fing mit den gut zwei Dutzend Muscheln an, die Melissa vom Strand aufsammelte. Schwarzweiß gestreifte, gelbe, rosafarbene, tiefrote, sie kamen alle ins Taschentuch. Und so, nebeneinander, Melissa mit zerrissenem Rock, denn der mußte sich auch noch an einem vertrockneten Ast festhaken, schritt das Ehepaar Tannert fröhlich pfeifend und ausgelassen wie zwei Kinder dem großen, weißen Gebäude entgegen...

Vornehm und von der lichtüberfluteten Weite eines Fußballfeldes war die Halle. Und vornehm in ihren makellosen schwarzen Zweireihern mit den glänzenden grauen Seidenschlipsen wirkten auch die beiden Herren hinter dem Mahagonitresen am Empfang. Der eine hieß Felix Pons und war seit zwanzig Jahren Chefportier im Haus Formentor. Der Name des anderen, seines Assistenten, war Luis Martinez. Pons war klein und rund und stammte aus Mallorca. Der lange dünne Martinez wiederum war ein Andalusier aus Murcia.

Martinez fand als erster zur Sprache zurück: »Sag mal, Felix, du siehst doch das gleiche wie ich?«

Felix Pons nickte.

»Kannst du mir sagen, was das ist?«

»Werden wir ja erleben.«

Was sie erlebten, war für die Verhältnisse des Hotels Formentor reichlich ungewöhnlich. Hier pflegten millionenschwere Pensionisten oder Generalmanager amerikanischer, holländischer, schweizer oder bundesdeutscher Multis Erholung von ihren strapaziösen Jobs zu suchen. Manchmal in Begleitung ihrer Damen, gelegentlich auch der Sekretärinnen, bei denen es sich selbstredend gleichfalls um Damen handelte. Nobelpreisträger kamen in die Abgeschiedenheit des Formentor, weltberühmte Dichter, Großbankiers aus Frankreich, Italien, selbst China gehörten zur Kundschaft. Und alle kamen sie auf der Suche nach Ruhe: Die spanische Hocharistokratie, sofern sie noch die Mittel besaß. Politiker und Staatspräsidenten, Margaret Thatcher war schon hier gewesen, und gelegentlich ließ sich das spanische Königspaar sehen.

Aber zwei wie die?!

Und sie hielten sich auch noch an der Hand, schlenkerten wie auf einem Schulausflug durchs Portal, barfuß noch dazu, er die Jeans hochgekrempelt, sie die Schuhe in der Linken, in der Rechten ein Taschentuch, aus dem es tropfte...

»Was für ein Weib«, murmelte Luis Martinez. »Super...«

Dieser Luis! Natürlich war Felix Pons sofort klar, was er meinte: Die Frau war ja nicht nur barfuß, der Rock war zerrissen, und der Schlitz gab einen runden, schön geformten, wenn auch mit Dreck verschmierten Oberschenkel frei. Blond war sie auch noch. Rotblond!

Und lachte aus vollem Hals.

Jedes Luxus-Hotel hat einige besonders exzentrische Gäste, auf die es nicht selten stolz ist. Aber ob es sich bei dem sonderbaren Paar um solche handelte? Felix Pons war sich sehr unschlüssig, als die beiden heranschlenderten, noch immer Hand in Hand, noch immer barfuß.

»Sprechen Sie Deutsch?« meinte der große, lange, hagere Kerl und zeigte Erwartungsfalten unter seinen beiden störrischen Haarwirbeln. Die Hand, die er auf die Marmortheke legte, war mit Sand gepudert.

Felix Pons griff sich an die Krawatte: »Verzeihung, mein Herr. Dies ist das Hotel Formentor. Natürlich spreche ich Deutsch.«

Tim nickte ergeben. Da hatte er sich ein Eigentor geschossen. Er blickte über die Schulter zurück. Tatsächlich, dort drüben standen ihre Koffer. Selbst der alte grüne aus seiner Göttinger Studentenzeit. Und daneben saß ›Juan‹, der Olé-Junge, der sie hergebracht hatte.

»Da ist ja unser Gepäck.«

»Ah, Sie sind das?« meinte Pons schon um eine Nuance freundlicher.

Andere Gäste durchquerten die Halle. Was sie gemeinsam hatten, war: tiefgebräunte Hautfarbe, teuerexklusive Freizeitklamotten, der schlendernde Gang und das Alter. Ja nun, so 'nen Schuppen kann man sich wohl erst ab sechzig leisten, überlegte Tim.

»Wir haben hier eine Suite reserviert«, nahm Lissa das Heft in die Hand. »Dr. Tannert. Tannert aus Tegernsee.«

In Felix Pons geriet Leben. Hastig blätterte er. »Dr. Tannert? Eine Suite...«

Und dann geschah etwas sehr Sonderbares: Ein Törchen öffnete sich im Empfangstresen, und aus ihm stürzte Felix Pons heraus, beide Hände ausgestreckt, die Arme sogar geöffnet, eindeutig zu überschwenglich für einen Chefportier seines Alters: »Oh, der Herr Dr. Tannert! Sie sind doch Freunde von Madame Helene? Ja, welche Freude, welche Ehre für uns.«

Köpfe drehten sich, die Träger teurer Markennamen

in der Hotelhalle wurden wachsam. Selbst ›Juan‹ stand von seinem Stuhl hinter dem Gepäck auf.

»Madame Helene – unvergeßlich! Sie war eine unserer liebsten Gäste, obwohl wir sie doch seit Jahren vermissen mußten.«

Tim blickte auf seine nackten Zehen. Der rechte große war mit schwarzem Teer verschmiert.

»Wir haben uns erlaubt, Sie von 402 auf die Suite 288 zu verlegen.« Felix Pons beugte sich noch weiter vor: »Wirklich eine unserer schönsten Zimmerarrangements, Herr Doktor. Ein Traumblick. Sie werden zufrieden sein. Madame Helene hat mich heute morgen angerufen. Ich bin im Bilde. Seien Sie versichert, dort sind Sie völlig ungestört.«

Tim bewegte mühsam die Lippen: »Recht herzlichen Dank.« Und dann lächelte er beklommen Melissa zu. Wie waren sie bloß dazu gekommen, im Sand Fangen zu spielen? Und wer hatte nur die Schnapsidee, barfuß in ein solches Hotel zu marschieren, über einen solchen Teppich...?!

Please don't disturb – S. v. p., ne pas déranger – Por favor, no disturbar – Bitte nicht stören...

Die Weltsprachen schimmerten in Gold auf dem Schildchen, das von der Türklinke des Zimmers 207 baumelte.

Neben der edlen Zederntür stand ein Servierwagen. Darauf Teller, Tassen und Flaschen, drei Mineralwasser, gleich zwei Champagner. Zur Verhinderung von voreiligen Schlußfolgerungen jedoch sollte erwähnt werden: Den beiden Himmelbettbewohnern ging es in dieser Nacht nicht um ausufernde Erotik, ihren Sieg über die menschliche Trägheit wollten sie feiern, lachen und vor allem natürlich zärtlich sein – so richtig angenehm einschlafzärtlich.

Übrigens: Das Himmelbett bestand aus gedrechseltem Holz und goldfarbenem Samt. Die Aussicht war blau und ähnelte so ziemlich dem, was sie auf dem Prospekt gesehen hatten.

Nachdem der erste freudige Schock bewältigt war, fanden sie, daß damit alles seine Ordnung habe.

Unten am Empfang war das ein bißchen anders...

»*Pero, che passa con estos?*« – Wie geht's da oben? – erkundigte sich am nächsten Morgen der Chefportier Felix Pons besorgt.

»*Están locos*« – Die sind verrückt – erwiderte Luis Martinez und warf einen wunden, sehnsüchtigen Blick zur Hallendecke, dorthin, wo er das Zimmer 207 vermutete. Luis Martinez dachte an Sandstreifen auf weißer Haut, an einen zerrissenen Rock und rotblondes, reiches Haar. Und an den langen, schlaksigen Doktor. Sein Gesicht wurde ganz grün vor Neid.

»Schon möglich.« Pons nickte nachdenklich. »Bei Freunden von Señora Helene ist alles möglich...« – All diese fantasiegeladenen spanischen Spekulationen zielten ins Leere. In Wirklichkeit hockten die beiden zu dieser Minute einträchtig nebeneinander auf einem enorm großen Stück weißen Frottee, vor sich die Steinsäulen des Balkongeländers und dazwischen, man mußte sich ja nur ein wenig vorbeugen, den Blick auf das vormittägliche Hotelgeschehen...

»Das also ist die Mallorca-Ferienprominenz? Die Crème de la crème? Alles Millionäre.«

»Vermutlich. Du hast ja die Preisliste gelesen.«

»Ich stell' mir Millionäre anders vor.«

»Ich nicht.«

»Du kennst sie ja auch, was?«

»Ein bißchen.«

»Ich kenne nur die Helene Brandeis. Die Helene ist ein Extramensch. Die aber...«

»Für Millionäre sehen die reichlich mitgenommen aus. Und alt.«

»Wie willst du denn Millionär werden, ohne alt zu werden?«

Damit hatte sie ein gutes Argument. Er ließ sich nicht stören: »Das werde ich dir noch beweisen.«

»Auf Krankenschein vielleicht?« fragte sie honigsüß.

Aber das alles interessierte ihn jetzt nicht. Wie auch? Gab es nicht andere Probleme? Morgen, Montag, war ihr Hochzeitstag! Daran ließ sich nichts ändern, der stand im Kalender. Nur der Rahmen, die Organisation fehlte.

Einiges war vorhanden: Das Traumbett, die himmlische Aussicht, ein gepflegter Service.

»Hör mal«, sagte er deshalb, »ich seh' mich jetzt ein bißchen um.«

»Halt doch...«

»Bis nachher.«

Seine Hand beschrieb eine leichte Luftfigur, und er war verschwunden.

Wenn Tim Tannert es darauf anlegte, konnte er es in jeder Umgebung mit jeder Konkurrenz aufnehmen. Er wirkte nicht nur so, er war der perfekte Gentleman. Auch jetzt, als Tim gegen ein Uhr zwanzig, den rosenholzfarbenen Blazer lässig um die Schultern, unter Palmen den Weg zwischen Swimmingpool und Bar durchmaß. Seine Größe, das schmale Gesicht, der Gang, die lächelnden Augen – wie von unsichtbaren Schnüren gezogen bewegten sich die Köpfe der Damen in den Liegestühlen. Es war kurz vor dem Mittagessen, nicht allein deshalb glitzerte manches Auge so hungrig.

»Der Neue.«

Der Neue tauchte nur Minuten später im knappen Badeslip auf, ein federndes Wippen, der perfekte Sprung, ein sauberer Kraulsport! Leider – so unerwartet, wie dieses ansehnliche Mannsbild aufgetaucht war, so überraschend war es wieder verschwunden. Wohin eigentlich?

Ja wohin?

Ein Blick in die Runde hatte Tim Tannerts Überzeugung bestärkt: Pool – nein danke. Das Hotel war zwar einzigartig, da hatte der geschniegelte Pichler in München schon recht gehabt – doch wenn man seine Bewohner betrachtete? – Kein Platz zum Feiern. Bedauerlicherweise nein...

Langsam und vollgepackt mit zärtlichen Gedanken wanderte Tim zwischen hohen roten Pinienstämmen. Das gewaltige Hotelareal schmiegte sich mit all seinen Terrassen, Gärten, Tennisanlagen, Golfplätzen an einen langen sanften Berghang. Über ihm sang der Wind in den Zweigen, und der Tannenduft vermischte sich mit dem dunklen Duft des Meeres.

»Rechts am Hang«, hatte Helene Brandeis gesagt. »In dem Pavillon seid ihr völlig ungestört. Da müßt ihr rauf, das lohnt sich.«

Rechts am Hang. Dann sah er es: Braune Sandsteinsäulen, sechs Säulen, darüber ein rundes Dach, ringsum Blumen. Ein ganzer Wall von Farben, zur Hecke geschnittener Oleander in lachsrot, karmin und violett.

Tim lief schneller. Und die letzten Meter lief er, ohne eigentlich zu wissen warum, auf Zehenspitzen. Helenes Sündenstätte. Der Teepavillon.

Der Boden bestand aus Mosaik, und darüber lag eine ganze Patina von Sünden. Und am wichtigsten: Es gab Liegestühle. Und was für Apparate! Auch sie vom Alter getönt, doch tadellos erhalten. Englische Deck-chairs, groß genug, um eine ganze Familie aufzunehmen. Und geradezu sündhaft bequem.

Tim rannte los, um Melissa zu berichten.

»Unglaublich!« rief auch Melissa staunend, als sie eine Stunde später den Pavillon in Augenschein nahm. »Wie ein kleiner Tempel, nicht?«

Dann dachte sie praktisch. »Beleuchtung? Nehmen wir Kerzen mit. Und was ziehen wir an?« Für Melissa stand schon längst fest, ihr Kleid, um das sie so viel Getue machte, das Kleid aus der ›Boutique Manhattan‹ in Rottach. Er durfte es nicht sehen, was er äußerst unfair fand. Tim – versteht sich – mit Krawatte.

»Und was zum Futtern.«

»Klar.«

Und die Getränke? Denn im Formentor würden sie den Champagner nun wirklich nicht kaufen. Bei den Preisen!...

Felix Pons, der Chefportier, besorgte im Handumdrehen einen Leihwagen. So fuhren sie noch an diesem Nachmittag über den Drachenkamm hinunter nach Pollensa, einem kleinen verträumten Landstädtchen. Am Marktplatz trennten sie sich. Jeder ging seine eigenen Wege. Eine Stunde später sah man sie wieder, beladen mit Päckchen und Plastiktaschen vor der Sandsteinbank unter den Platanen.

Neugierig beäugte er ihre Beute: »Was ist da drin? Was haste?«

»Sag' ich dir nicht. – Und du?«

»Das ist einfach.«

»Alkohol, oder?«

»Rchtig.« Er nickte grimmig. »Alkohol. Soll ich dir was sagen? Dein Zeug werd' ich auch gleich sehen. Denn ich hab' eine Superspitzenidee. Und weißt du, welche? Wir machen eine Generalprobe.«

Das gefiel ihr. »Nicht schlecht. Wir ziehen unsere Regenmäntel an, und ich versteck' das ganze Futterzeug darunter. Und du die Flaschen...«

»Du ziehst dein Kleid an.«

»Nie«, protestierte sie. »Dann ist es morgen kaputt.«

»Hm«, meinte er nachdenklich. Der Himmel färbte sich mit Abendrosa, als sie ins Hotel zurückkehrten. Am Parkplatz schlug Tim eine Programmänderung vor. »Was brauch' ich den Regenmantel, ich pack' mir die Flaschen und geh' schon rauf und richte die Liegestühle.«

»Aber ich mach' mich noch ein bißchen hübsch.«

»Na gut, wenn du meinst. Für mich bist du das immer.«

Sie lächelte mit ihren grünen Augen, er wollte ihr noch einen Kuß geben. Es blieb bei dem Versuch. Sie riß ihre Tüten an sich und rannte los.

»Laß mich nicht zu lange warten!« schrie er ihr nach: »Den ganz großen Auftritt haben wir erst morgen.«

Sie winkte nur. Sie sah nicht einmal zurück. Er aber fragte sich, fragte sich das mit tiefem Ernst und voller

Zweifel: Wie bist du bloß an so 'ne Frau gekommen? Hast du sie dir wirklich verdient, Alter? Mal ganz ehrlich?

Zunächst wußte Tim das nicht. Dann aber war er überzeugt davon...

Tim sah auf die Uhr.

Mehr als eine halbe Stunde war verstrichen.

Er hatte sich vor Jahren das Rauchen abgewöhnt und nie Entzugsprobleme gehabt. Doch nun? Er griff nach der Zigarettenpackung, die ihm Melissa zuvor in die Tasche geschoben hatte. Ein Glück, daß er die Streichhölzer für die Kerzen gekauft hatte. Er zündete sich eine Zigarette an und nahm einen tiefen, erbitterten Zug. Acht Uhr zwanzig...

Zum dutzendsten Mal rückte er die Deckstühle zurecht. Den mit dem Rosenmuster etwas mehr nach hinten, das machte sich dekorativer, den anderen konnten sie als Tisch benutzen. Morgen... Heute taugte er gerade für die Flasche und die beiden Gläser, die Melissa aus dem Badezimmer mitbringen wollte.

Herrgott nochmal, wo steckte sie?

An der Hotelauffahrt ging das Licht an. Große, runde Leuchten brannten im Spalier. Die Luft hatte sich etwas abgekühlt, doch gerade das war angenehm.

Wieder verließ Tim den Pavillon, stieg drei Stufen hinab auf den sandigen Weg, ging die zehn Meter zu der kleinen Plattform und betrachtete von dort die funkelnden Lichterreihen, die drüben aus dem bläulichen Abenddunst der Bucht auftauchten. Als er diesmal den Hemdsärmel über der Armbanduhr zurückstreifte, empfand er es beinahe als Erleichterung, daß es so dunkel geworden war, daß er die Zeit nicht ablesen konnte.

Sie macht sich schön. Und für wen? Für dich natürlich, du Idiot! Na gut, Frauen brauchen ihre Zeit. Er versuchte sich vorzustellen, womit sich Melissa gerade beschäftigte: Haarefönen?... Womöglich war sie auf die Idee gekommen, die Haare zu waschen? Und bis die trockneten, das dauerte...

Doch nicht so lange. Wieso denn so lange? Eine Dreiviertelstunde war nun vergangen, seit sie sich auf dem Parkplatz getrennt hatten.

Warum nur? Warum läßt sie dich hier stehen? Der Zeiger seiner Armbanduhr rückte von 21.45 auf 21.46 Uhr. In dieser Minute fühlte Tim Tannert zum erstenmal tiefes Unbehagen. Oder war es schon so etwas wie eine Ahnung? Nein – eher eine sonderbare Kühle, die durch seine Adern floß.

Vielleicht war Melissa etwas dazwischengekommen? Was konnte das sein? Vielleicht ging es ihr nicht gut? Ein Migräneanfall, eine dieser vegetativen Störungen, denen sie manchmal ausgeliefert war?

Zurück ins Hotel! Doch was konnte schon geschehen sein? Er ließ die Champagnerflasche stehen, wo sie stand: auf der breiten Holzlehne des Deckstuhls. Dann lief er los, nach einigen Metern warf er noch einen Blick zurück auf Helenes Pavillon. Er war nur noch ein dunkler, fast drohender Schatten.

Die Leuchten im Park wiesen ihm den Weg. Tim ging langsam. Blätter streiften sein Gesicht, und die Steinplatten des Weges sogen sich mit Dunkelheit voll...

»Haben Sie vielleicht meine Frau gesehen?«

»Bedaure, Señor.«

Der Lange hatte Dienst, die ›Andalusische Fahnenstange‹, wie Melissa ihn getauft hatte. Das Gesicht, ein gelassenes olivbraunes Oval. Darin standen dunkle teilnahmslose Augen.

»Vermissen Sie sie, Señor?«

Wortlos drehte sich Tim um und ließ den Blick durch die Halle wandern. In einer riesigen chinesischen Vase flammten Gladiolen. Die Halle war fast leer. Ein paar Gäste waren in ihren Sesseln versunken, die Zeitung in der Hand. Die meisten Damen kleideten sich wohl gerade für das Abendessen um.

Und du?

Als er über den stillen Korridor zur Suite ging, war es ihm, als sei er der einzige Mensch auf dieser Welt. Das Atmen machte Mühe, als schnüre sich eine Schlinge stark, würgend und lautlos um seinen Hals.

Irgend etwas war geschehen. Irgendwas...

Er begann zu laufen, drückte die Klinke: verschlossen.

»Lissa!« Er klopfte mit dem Handballen gegen das Holz. »Hör doch, Lissa, ich bin's.«

Keine Antwort. Vom Ende des Korridors kam das leise Summen des Aufzugs.

»Lissa...«

Tim schlug die Fäuste gegen die Tür, dabei drehte er den Kopf und sah vor der Lifttüre zwei Gäste. Sie starrten ihn an. Die Frau trug einen hellen Reitdress und überragte ihren Begleiter um einen halben Kopf. Trotz der Entfernung war das pikierte Staunen auf ihrem Gesicht so klar gezeichnet wie auf einer Karikatur. So benahm man sich doch nicht... Also wirklich nicht... Und schon gar nicht im Hotel Formentor!

Seine Arme sanken herab. Sie hat den Schlüssel mitgenommen? Wahrscheinlich hängt er unten am Empfang.

Also wieder zurück in die Halle.

Diesmal herrschte am Tresen Betrieb. Eine ganze Gruppe von Leuten drängte sich. Sie sprachen Englisch – Amerikaner anscheinend.

»Pardon.« Er hatte sich entschlossen, auf Höflichkeiten zu verzichten. Er schob den Arm vor und drängte sich durch. Er wartete auch nicht, bis der zweite Portier geruhte, ihm seine Aufmerksamkeit zuzuwenden. »Hören Sie mal, ist mein Schlüssel da? Schauen Sie mal nach.«

An Blicken und Gesichtern war abzulesen, was man von ihm hielt.

Der Portier schüttelte nur mißbilligend den Kopf. »Nein. Er ist nicht da, Herr Doktor Tannert.«

»Nein?! – Warum nicht?« Er dachte es nicht nur, es schrie in ihm. Er ging zum Foyereingang, ein Boy riß die Tür auf, Tim sog tief die Abendluft in die Lungen und hatte die Lösung: Wieso war er auch nicht sofort darauf gekommen? Natürlich. Er rannte über den Vorplatz die breite Treppe zum Parkplatz hoch, weiter, lief leichtfüßig, freudig, war sich nun so gewiß, weil es ja auch logisch war, oder? Es hatte mit ihrer ›großen Überraschung‹, dem neuen Kleid, zu tun.

Sie hatte es doch angezogen, um ihn zu überraschen. Aber es war ihr zu auffallend, und deshalb ging sie nicht durch die Halle, sondern hatte sicher einen Nebenausgang genommen. Durch die Terrassenbar zum

Beispiel. Dort gab's um diese Zeit kaum Gäste. Und von der Terrasse war sie dann den anderen Weg an den Tennisplätzen vorbei zum Pavillon gegangen. Und das genau zu der Zeit, als er von der Warterei entnervt zum Hotel zurückkehrte.

Sie hatten sich verfehlt! Nichts weiter...

Er hatte inzwischen den breiten beleuchteten Hauptweg verlassen. Hier war die Tuffsteintreppe, über die er am Nachmittag gestolpert war. Und von dort ging's hoch zum Pavillon.

Er spürte jetzt sein Herz. Er war zu schnell gerannt. Er keuchte. Die letzten drei Stufen – schon von den Schatten eingeholt. Die dunkle hohe Tempelform. Die Sandsteinpfeiler schimmerten bläulich. Sie sammelten das Licht des Mondes, der sich über den Bergen hochschob.

›Melissa.‹ Er sprach es nicht aus, er dachte es nur. Die Enttäuschung jagte durch jede Zelle seines Körpers. Er lief die drei Meter nicht mehr, die ihn vom Eingang trennten. Wieso auch? Er wußte es schon jetzt: Sie war nicht da.

Schließlich ging er hoch. Die Flasche Champagner stand dort, wo er sie gelassen hatte: auf der Lehne des Deckstuhls. Ein bißchen Goldschimmer, eine dunkle Silhouette.

Er packte sie am Hals und schleuderte sie über die Steinbrüstung. Er wußte nicht, wo sie hinflog. Er hörte auch keinen Aufprall. Nichts, nur ein Rauschen in den Zweigen. Dann das Bellen eines Hundes. Vom Hotel kamen Stimmen und das Klappern von Autotüren, und dann, als es wieder still wurde, trug aus der Weite der Bucht der Wind den Ruf einer Schiffssirene heran.

Mein Gott...

Melissa!

Melissa, was ist das für ein Spiel? Und wenn es das sein soll, lange halte ich es nicht durch. Wirklich nicht.

Wie denn, Melissa?!

Der rote Seat stand am Ende der langen Wagenreihe, genau auf dem Platz, auf dem er ihn abgestellt hatte. Er stand unter lauter Nobelmarken. Sogar zwei Rolls-Royce waren vertreten. Auch bei Leihwagen pflegten die Gäste des Formentor nicht auf den Preis zu achten. Der Seat war das kleinste Fahrzeug. Die Türen waren verschlossen, so, wie er sie verlassen hatte.

Tim preßte die Stirn an die Seitenscheibe. Der helle Fleck auf dem Beifahrersitz? – Das war der Bauernhut, den Melissa heute nachmittag in Pollensa gekauft hatte.

Seine Unterlippe schmerzte. Er spürte den süßlichen Geschmack von Blut. Er hatte sich mit den Zähnen verletzt, ohne es zu merken.

Er preßte die Hand gegen den Mund, als er wieder das strahlend erleuchtete Foyer des Formentor betrat. Am Empfang wartete ein einzelner Gast im Dinnerjakket, ein Koloß von Mann. Der kurzgeschorene Kopf hackte mit zornigen Bewegungen auf den kleinen Chefportier ein. Viel Mühe, die Stimme zu dämpfen, machte er sich auch nicht: »Ich hab' den Platz vorgebucht. Ich hab' zwei Stunden heute vormittag verloren. Wissen Sie überhaupt was das heißt: Gebucht?«

»Verzeihung, Herr Rannecker.«

»Was heißt hier Verzeihung? Ich bestehe auf einem

ordnungsgemäßen Ablauf. In einem First-class-Hotel kann ich das erwarten. Ich bin doch hier nicht in Afrika?«

Felix Pons las Tim auf dem kleinen Messingschild, das vor dem Portier stand. Pons hatte eine Art Kinderarzt-Lächeln aufgesetzt, ohne damit viel Wirkung zu erreichen, doch als er nun seine Hand hob, ganz sanft, lag eine Bestimmtheit in der Bewegung, die ihm sofort Gehör verschaffte.

»Herr Rannecker, so bedauerlich das auch sein mag: Selbst ein Hotelangestellter muß manchmal Geduld bei seinen Gästen voraussetzen. Eine Sekunde... Ich habe auch noch andere Aufgaben. Kann ich Ihnen helfen, Herr Doktor?«

Tim tupfte sich mit dem Taschentuch einen Tropfen Blut von den Lippen. »Ja.« Er hörte seiner Stimme zu, sie war leise und unsicher, schüchtern, und sein: »Haben Sie vielleicht meine Frau gesehen?« kam ihm selbst kindisch, schlimmer, lächerlich vor.

Der Mann mit den Stichelhaaren drehte ihm den Kopf zu. Sein Gesicht schien nur aus Fleisch und einer riesigen Hornbrille zu bestehen. Was zählte der schon? Pons zählte.

»Leider nein, Herr Doktor. Ich habe erst vor einer halben Stunde meinen Dienst angetreten. Aber mein Kollege Martinez ist noch im Haus. Ich könnte ihn fragen.«

»Danke. Das hab' ich selbst schon getan.«

»Sicher macht die gnädige Frau einen Spaziergang, meinen Sie nicht?«

Meinen Sie nicht? Welche Frage! Was meinte er? Was gab es noch zu meinen? Spaziergang?... Zum Pavillon wollten wir, den morgigen Tag mit einer gewaltigen Generalprobe einleiten. Sekt wollten wir trinken, auf die Bucht schauen, uns an den Händen halten, uns küssen, vielleicht lieben, vor allem ein bißchen zurückdenken bis zu jenem ersten Hochzeitstag vor einem Jahr, der so erbärmlich schiefgelaufen war, weil irgendeine Bäuerin auf irgendeinem Hügel zwischen Scharling und Kreuth darauf bestanden hatte, ausgerechnet an diesem Abend Drillinge zur Welt zu bringen, und weil dann eines der Kinder, ein blaßrosa, runzliges, zuckendes Bündel Leben mit seiner Atmung nicht zurechtkam und ins Krankenhaus nach Bad Tölz gebracht werden mußte, und weil dort der diensthabende Arzt mit zwei verschleimten Säuglings-Bronchien...

Ach, zum Teufel damit!

»Die Nacht ist ja so warm, Herr Doktor. Vielleicht ging die Señora zum Strand?«

Strand? Wohin macht man hier schon Spaziergänge, wenn man schon nicht zum Pavillon will: Zum Meer, zum Strand...

Der Weg führte quer durch den Park hangabwärts bis zu einem langen Sandstreifen, der eine kleine Bucht umschloß. Die Direktion des Formentor hatte für ihre Gäste Sonnenschirme aus geflochtenen Palmenzweigen aufstellen lassen. Im diffusen, grauen Licht des aufgehenden Mondes wirkten sie wie große schwarze Fliegenpilze.

Tim lehnte den Rücken gegen den glatten Stamm eines gewaltigen Eukalyptusbaums. Die schwarzen Äste verschlangen sich vor dem Himmel. Die Lichterketten drüben auf der anderen Seite der Bucht schienen zu schwanken. Zu seinen Füßen flüsterte das Wasser. Der

Wind hatte sich nun vollkommen gelegt. Das Meer war wie eine einzige ölige, nachtblaue Fläche. Mein Gott!... Mehr fiel ihm nicht ein als das. Und: Wenn's dich gibt, hilf mir!... Er dachte es, während der Rest seines kontrollierten Ichs ihn zur Ordnung rief: Du bist ja völlig hysterisch. Denk nach. Behalt deine Ruhe. Verdammt noch mal, was soll denn schon passiert sein?

Er ging weiter. Der Sand schien an seinen Sohlen zu zerren, die Schuhe füllten sich mit feinen Körnern.

»Melissa!« Es war das erste Mal, daß er ihren Namen in die Stille brüllte.

Und wieder. Er hatte die Hände zu einem Trichter geformt, und ihr Name klang weit über das flüsternde Meer. Aber da war niemand, der antwortete.

Er setzte sich. Die Knie wollten nicht, sein Körper war so schwer. Denk nach und überlege. Doch was? Himmelherrgott noch mal, was gibt's zu überlegen? Melissa, die sich ihr neues Kleid anzieht, um mit dir ein Glas Sekt zu trinken, und sich dann in Nichts oder in den Fluten auflöst. Melissa – »Für mich ist sie mit ihren langen Haaren wie ein Undine-Wesen.« Helene Brandeis hatte das gesagt: »Irgendein Geheimnis ist um sie.«

Ja, von wegen, Helene! Und welches Geheimnis? Was soll dieser ganze Unsinn?!

Zehn Minuten später war Tim im Hotel zurück.

Vor seinen Schlüsselfächern schüttelte Felix Pons bedrückt den Kopf. Tim ging weiter. Der Sand unter seinen Sohlen knirschte auf den Marmorfliesen. Gäste kamen ihm entgegen, irgend jemand grüßte. In Tim war nichts als eine einzige Auflehnung: Das gibt es nicht!

Das ist alles nur ein verrückter Traum. Das kann nicht sein...

Als seine Schulter gegen einen weißgekleideten Mann stieß, der ein Tablett trug, wurde ihm klar, daß er im Begriff war, den Speisesaal zu betreten. Da saßen sie nun und aßen. Bestecke funkelten zwischen den farbenprächtigen Blumensträußen, die Gesichter waren in den hellen Schein des schweren Kristallüsters getaucht, der von der Decke hing. Gesichter, die ihn neugierig musterten. Die dunkle Frau an dem Tisch rechts, die den Löffel sinken ließ und ihn anstarrte, eine sehr schöne Frau mit mandelförmigen, schwarz umrandeten Augen. Drei Reihen Perlen umschlossen einen schlanken, weißen Hals. Sie trug ein grünes Kleid.

Melissas Lieblingsfarbe! Sein Blick tastete sich von Tisch zu Tisch. Irgend jemand trat ihm entgegen. Tim nahm nur feines schwarzes Tuch wahr, dann zwei Augen hinter einer goldenen Halbbrille, wachsam und prüfend wie die eines Gerichtsvollziehers.

»Verzeihung, mein Herr. Aber es ist Tradition des Hauses, das Restaurant nicht in Sportkleidung zu betreten.«

Seine Gummisohlen knirschten zurück zur Treppe, und das Herz versuchte schon wieder verrückt zu spielen. Das zweite Ich in ihm, der besonnene, umsichtige Tim Tannert hatte noch mehr Mühe, sich Gehör zu verschaffen: Setz dich bloß in irgendeine Ecke. Von mir aus, rauch eine Zigarette. Renn nicht rum wie ein Vollidiot. Überlege...

Doch was nützten all diese Mahnungen? Er konnte das Rad in seinem Schädel kreisen lassen, in welche Richtung er wollte – es rotierte leer.

Wenigstens hatte er wieder einen Zimmerschlüssel. Der nette Pons hatte ihn ihm zugeschoben. So stand er nun in der ›Luxus-Suite‹, stand auf vornehmem, blaßblauem Teppichboden, in den man knöcheltief versinken konnte, starrte auf elfenbeinfarbene Einbauschränke, auf das Bett mit dem Baldachin, auf Hausbar, Fernseher und Sesselgruppe und sog das Schweigen in sich ein, das die Wände zu verströmen schienen.

Melissas Schminkkoffer im Bad. Eine Lippenstiftspur auf einem zerknäuelten Kleenex. Zyklam – wie sie es mochte. Ihr seidenleichter, zitronenfarbener Sommermantel an der Garderobe...

Und eine Stille, die weh tat. Sehr weh.

Eine Stille, die ihm, ob er sich nun wehrte oder nicht, das Wasser in die Augen trieb...

Pons war nicht allein. Ein junges Paar redete mit ihm, ein exotisches Paar dazu: Das Mädchen in einem wundervollen gold- und blaudurchwirkten Sari, der Mann daneben im schwarzen, eleganten Seidenblazer. Pons sprach Englisch. Was sprach er eigentlich nicht? Es ging um irgendein abhandengekommenes Flugticket. Der junge Inder ließ sich alles zwanzigmal erklären. Tim suchte nervös in seiner Hosentasche. Melissas Zigarettenpackung war zu einem Knäuel zerknautscht.

»*I beg your pardon.*«

Der Inder machte ihm höflich Platz.

»Herr Pons!«

»Bitte, Herr Doktor?« Pons braune Augen blickten

nicht mehr so fürsorglich beruhigend wie bisher. Sein Job hatte Regeln, an die er sich hielt. Tim dachte daran, und es war ihm egal.

»Herr Pons, ich verlange, daß Sie die Polizei rufen.«

Irgend etwas geschah mit Pons' Gesicht. Er warf einen vorsichtigen Blick in die Runde und beugte sich weit vor: »Verzeihung! Ich fürchte, ich habe Sie nicht richtig verstanden: die Polizei?«

»Ja.«

»Darf ich den Grund erfahren?«

»Mein Gott!« Tims Stimme zitterte: »Den kennen Sie doch. Ich habe Ihnen doch gesagt, daß ich meine Frau nirgendwo finden kann. Nicht draußen am Strand, nicht im Garten. Sie ist verschwunden. Sie ist außerordentlich pünktlich. Sie würde mich nie warten lassen.«

»Wie lange warten Sie denn schon?«

»Siebzig Minuten.«

»Herr Doktor!« Tim kannte den Blick. Es war der Ausdruck, der in seinen eigenen Augen stand, wenn er es mit neurotischen oder hysterischen Patienten zu tun hatte. »Herr Doktor, ich verstehe ja Ihre Erregung. Aber siebzig Minuten? Was soll ich denn der Polizei mitteilen? Sie würden seit siebzig Minuten auf Ihre Frau warten? Die Guardia soll deshalb eine Streife schicken? Herr Doktor, überlegen Sie, was würde denn zu Hause bei Ihnen in Deutschland geschehen? Meinen Sie, die Polizei käme sofort?«

Natürlich hatte er recht. Den Teufel würden sie tun. Aber dies war nicht der Tegernsee und nicht Rottach-Egern in Oberbayern. Dies war eine gottverlassene Landzunge auf einer spanischen Insel, Kilometer von der nächsten menschlichen Ansiedlung entfernt, umgeben von hohen Bergen, gefährlichen Abgründen, Klippen, ein unbewohntes Tal, in dem irgendein Irrsinniger ein gottverdammtes Luxushotel hingebaut hatte.

»Herr Pons! Ich habe Melissa, ich meine, meine Frau überall gesucht. Im Hotel. Ich war im Garten. Ich war am Strand. Ich war oben am Tee-Pavillon, wo wir uns treffen wollten. Ich kann das doch nicht einfach hinnehmen? Ich – wir müssen doch etwas unternehmen!«

»Und das wäre?«

»Das fragen Sie? Wenn Sie schon die Polizei nicht im Haus haben wollen, Sie haben doch genügend Personal hier. Taschenlampen gibt es auch. Wir müssen Suchtrupps bilden, den Wald durchstreifen, jeden Baum, jeden Busch...«

»Jeden Baum?« Pons sah ihn an. »Jeden Busch?«

»Was denn sonst, verdammt noch mal? Was denn?!« schrie Tim.

Doch Felix Pons hob nur die Hände. Sie waren leer.

Todo para la patria – Alles fürs Vaterland. Tim las es auf einem gelbroten Blechschild, als er aus dem Wagen stieg. Darüber hing die gelbrote Fahne. Die Türe war von den Scheinwerfern beleuchtet, die an der Ecke des flachen Gebäudes angebracht waren.

Tim kam in einen Korridor und betrat durch eine weitere offenstehende Tür den Wachraum der Guardia-Civil-Station. Er war groß und rechteckig und mit einer Schranke unterteilt. Tabakrauch hing in der Luft. An der Wand unter dem Licht der Neonröhren hing das Bild des Königs und der Königin. Auf den schmalen Fensterbrettern kümmerten ein paar Geranienstöcke.

In dem Raum saßen drei Männer. Zu ihren olivfarbenen Kampfanzughosen trugen sie kurzärmelige Uniformhemden. Einer telefonierte, die anderen hatten die Köpfe dem Bildschirm in der Ecke zugedreht, in dem gerade eine Fernsehshow lief. Der Moderator, ein Typ in einem unmöglichen karierten Jackett, warf der langbeinigen, farbigen Pracht eines Revue-Balletts Kußhändchen zu.

»Guten Abend«, sagte Tim.

Niemand nahm ihn zur Kenntnis.

Auch ein kräftiges *buenas noches* änderte nichts.

Tim ließ den Blick über unordentlich verstreute Akten, Zeitungen, Aschenbecher, Plastikstühle, verschrammte Telefone bis hinüber zu dem Waffenschrank schweifen, in dem drei Sturmgewehre standen. Dann hob er die Faust und schlug sie auf das abgewetzte Holz der Barriere. – Nichts! Die Bigband im Fernsehen war lauter. Der Polizist am Telefon ließ seinen Drehstuhl kreisen, sah ihn kurz an und sprach weiter, ohne den Blick von seinem Notizblock zu nehmen. Endlich erhob er sich.

»*Por favor?*«

»Verzeihung... Spricht hier vielleicht jemand Deutsch? *Vd. habla alemán?*«

Kopfschütteln. Friedliche, nußbraune Augen und ein Hängeschnauz.

»Oder Englisch?«

Der Ausdruck auf dem jungen Gesicht, ein Ausdruck vollkommener, beinahe überirdischer Geduld, änderte sich nicht. Der Guardia strich über den Schnurrbart und wandte den Kopf: »*Brigada! Creo, que tenemos trabajo.*« – Ich glaube, wir kriegen Arbeit. –

Die Musik im Fernsehen steigerte sich zum Finale. Die Mädchen rissen die Beine hoch. Der Mann im karierten Hemd klatschte. Wer sonst noch »bravo!« schrie, war im Augenblick nicht von der Kamera erfaßt. Der Brigada mit den Feldwebelstreifen saß dem Gerät am nächsten. Er erhob sich jetzt, wuchs zu fetten ein Meter achtzig hoch, faßte mit Daumen und Zeigefinger den Hosenbund und strich sein Hemd glatt. Das runde, tiefbraun verbrannte Gesicht zeigte nichts als Das-auch-noch-Ergebenheit, und der Mund war sehr dünn.

»Guten Abend. Was gibt's?«

Er sprach Englisch.

»Ich wollte eine Vermißtenanzeige aufgeben.«

»Sie wollen was?«

Das englische Wort für Vermißtenanzeige war Tim anscheinend mißlungen. Mit *report my wife missing* hatte er es versucht, aber der Mann kapierte nicht, glotzte. Oder doch?

»Ihre Frau? Es handelt sich um Ihre Frau?«

»Ja.« In Tims Kniekehle begann eine Sehne zu zukken.

»Sie ist weg!«

»Was heißt weg?«

»Verschwunden!«

»Ihr Name?«

»Tannert. Tim Tannert.«

»Geben Sie bitte Ihren Paß.«

»Den Paß?«

»Was sonst?« Der Guardia-Civil-Mensch schielte über die Schulter zurück zum Fernsehschirm. Werbepause. Eine Katze spielte mit einer Futterdose Fangen.

Dem Dicken schien dieser Anblick die Arbeit nicht leichter zu machen. »Was sonst?« wiederholte er mit demselben Ton unbesiegbarer Geduld, den er sich anscheinend im Umgang mit Touristen zugelegt hatte. »Und den Ihrer Frau.«

Tim wischte mit dem Handrücken die Haare aus der brennenden Stirn. So stickig hier drin! Der Schweiß rann ihm an der Nase entlang. »Ich habe ihn nicht dabei. Wissen Sie, ich bin in aller Eile aufgebrochen. Ich bin auch völlig durcheinander. Sie verstehen das doch?«

»Sie haben den Paß also nicht dabei?«

Wie in einem Examen! Und die Examens-Panik brachte auch den Einfall: »Er liegt im Hotel. Ich habe versäumt, ihn zurückzuverlangen. Die Hotelleitung hat ihn einbehalten.«

»So? Die Hotelleitung? Wo wohnen Sie denn?«

»Formentor. Hotel Formentor.«

Eines zumindest bewirkte der Name ›Formentor‹: Der Mann wurde aufmerksam. Auch der Junge am Telefon blickte herüber.

»*Un momento.* Warten Sie...« Der Dicke schaukelte zu einem Schreibtisch, nahm den Hörer, drückte Tasten. Er sprach ein paar Worte, lauschte vor allem, nickte dann grimmig und warf den Hörer auf die Gabel zurück.

»Hören Sie, Mister! Sie kommen hier rein und wollen ohne Paß eine Vermißtenanzeige aufgeben?«

»Was spielt denn der Paß für eine Rolle, wenn ein Mensch verschwunden ist?«

»Jetzt rede ich. Ich habe gerade mit dem Portier des Formentor telefoniert. Den kenne ich. Ein Freund...

Und was sagt er? Daß Sie Ihre Frau vermissen. *Bueno!* Und seit wann? Seit der Zeit vor dem Abendessen. Und wie spät haben wir jetzt? Elf Uhr zwanzig. Um elf Uhr zwanzig sind bei uns anständige Leute noch beim Dessert oder trinken ihren ersten Cognac und zünden sich einen *puro*, eine Zigarre, an. Und Sie? Sie geben hier Vermißtenanzeigen auf?!«

Der Mann sprach leise und eintönig. Sein Englisch war gar nicht so übel, auch wenn er es mit spanischen Brocken vermischte. Tim hatte jedes Wort verstanden. Vor allem hatte er verstanden, daß man ihn für einen unzurechnungsfähigen Narren hielt.

»Hören Sie! Ich bin Arzt. Ich weiß, was ich sage. Ich bin gewohnt, mit Ruhe zu handeln. Ich mache keine solche Meldung ohne Grund...«

In dem fleischigen Gesicht rührte sich nichts, nur am Grund der dunklen Augen flackerte etwas auf. »Gut, Doktor. Auch ich habe meinen Beruf. Hier auf Mallorca verschwinden Mädchen und Frauen. Stimmt. Und das jeden Tag. Nicht nur für drei, vier Stunden oder ein Abendessen, meist für eine Nacht, manchmal für eine ganze Woche. Wenn ich da jedesmal eine Fahndung ausschreiben würde, dann...«

Er brach ab, starrte Tim an, Tim, der den Arm hochgerissen hatte und ihm die Faust vors Gesicht hielt. Doch der Dicke wich keinen Schritt zurück. Und dann sagte er im selben ruhigen Ton: »Na schön... In Ordnung. Sie haben's mir gezeigt. Und jetzt stecken Sie Ihre Hand ganz schnell in die Tasche, sonst zeig' ich's Ihnen. Oder wollen Sie mich schlagen, weil ich etwas gesagt habe, was Sie selber denken? Nun, wie ist das, Mister? Wollen Sie wirklich?«

Die Blicke der Männer im Raum waren auf ihn gerichtet. Tims Arme sanken herab, seine Fäuste wurden mit einemmal so schwer, daß er sie kaum bewegen konnte.

»Ich will jetzt nur eines: Ihren Namen!«

»Wenn's weiter nichts ist«, antwortete die ruhige Stimme: »Rigo. Brigada Pablo Rigo. Können Sie sich das merken? Ja? Toll. Und jetzt verschwinden Sie. Wenn Ihre Frau bis morgen noch nicht aufgetaucht ist, können Sie ja wiederkommen. Und zwar mit den Pässen. Ist das klar?«

Für die Strecke von Pollensa zurück zum Hotel benötigte Tim vierzig Minuten. Dabei hatte er nur achtzehn, wenn auch schwierige, Kilometer zurückzulegen. Er stoppte den Seat ein halbes Dutzend Mal, stieg aus, verharrte unter dem unbeteiligten Blitzen der Sterne an der Brüstung einer Aussichtsplattform, starrte auf den hellen weißen Schaum des Meeres tief unter der Steilwand, stand zwischen flüsternden schwarzen Pinien an einer Kurve, von der sich der Blick ins Tal von Formentor öffnete.

Zweimal begegneten ihm Menschen: Zuerst der Fahrer eines alten, wackligen Citroën-Kastenwagens. Er hatte die Fahrt verlangsamt, den Kopf zum Fenster hinausgesteckt, als erwarte er einen Anruf von dem schweigenden Mann dort draußen in der Nacht. Der zweite war ein Motorradfahrer. So dicht kam er aus der Spitzkehre geschossen, daß er Tim beinahe über den Haufen gefahren hätte. Tim zuckte kaum zurück, in ihm war nur noch tiefe Gleichgültigkeit. Er befand sich in einer Art Trance, in der er die Wirklichkeit nur wie durch einen Filter wahrnahm. Aber eines blieb stark und deutlich: Dieser brennende Schmerz in seiner Brust.

MELISSA!...

Auf was wartest du? Daß der Wind sie heranträgt? Daß sie sich hier plötzlich aus dem Dunkel wie ein Gespenst materialisiert, auf dich zugeht, die Arme wie ein Mädchen schlenkernd, mit diesem nachlässigen, biegsamen Gang, der dich immer so entzückte? »Tim«, wird sie sagen, »Tim, was tust du denn hier? Hattest du Angst um mich? Wirklich... War ja nur ein Scherz. Wollte ja nur sehen, ob dich das aufregt, wenn ich für ein paar Stunden verschwinde. Wie soll ich denn sonst rauskriegen, ob du mich wirklich magst? Ist doch der beste Liebesbeweis, findest du nicht? Der eine verschwindet, der andere sucht und zerbricht sich den Schädel – und dann anschließend ist man gemeinsam glücklich!«

Oder: »Ich hab' mich doch so auf den Pavillon gefreut! Aber dann hab' ich mich irgendwo hingesetzt und bin einfach eingeschlafen...«

Die Lampen rechts und links des Hotelportals warfen einen angenehm honigfarbenen Lichtkreis in die Nacht. Zu seiner eigenen Verwunderung flößte ihr Anblick Tim ein vertrautes, heimeliges Gefühl ein. Erleichterung und Hoffnung, immer wieder dieselbe, heiß aufschießende, unbezwingbare, kindlich hilflose Hoffnung.

Jetzt würde sie da sein! Mußte einfach...

Pons' Oberkörper war über irgendwelche Abrechnungen gebeugt, die ein Computer ausspuckte. Seine

Kopfhaut schimmerte nackt und weiß durch die spärlichen dunklen Haare. Nun richtete er sich auf.

»Herr Doktor! Da sind Sie ja. Sie waren in Pollensa, nicht wahr? Bei der Guardia Civil?«

»Ja. Und ich habe mit Ihrem Freund gesprochen.« Die Hoffnung hatte sich aufgebläht wie ein Segel – nun war sie zusammengefallen: Nichts!

»Herr Doktor, Sie können versichert sein: Pablo Rigo ist ein tüchtiger Polizist.«

»Ach ja? Hab' ich gemerkt.«

»Bestimmt. Auch wenn man vielleicht nicht den Eindruck hat, er nimmt seine Aufgaben ernst. Er hatte mir versprochen, sich um den Fall zu kümmern. Falls Ihre Frau Gemahlin nicht zurückkehrt, wird morgen die Fahndung anlaufen. Ganz sicher. Und außerdem...«

»Was außerdem?«

Pons' Augen blieben starr auf Tim gerichtet. Der Mann wollte etwas sagen, kämpfte damit, überlegte sich offensichtlich, ob es angebracht sei, damit herauszurücken.

»Nun, Herr Doktor: Da Sie so lange weggeblieben sind, habe ich mit Rigo telefoniert. Auch unser Direktor ist bereits benachrichtigt. Er kam vor einer halben Stunde zurück. Er erwartet Sie.«

»Sie wollten doch noch etwas sagen?«

»Ja. Brigada Rigo hat zwei Mann nach Alcudia geschickt. Zum Umhören. Er wollte das eigentlich erst morgen tun, aber ich habe ihn in der Idee bestärkt, heute abend schon tätig zu werden.«

»Umhören? Was denn umhören? Wo?«

»Nun, es gibt so gewisse Lokale, wo gewisse Leute verkehren. Auch Alcudia hat seine Szene. Wo fünfzehn- oder zwanzigtausend Menschen im Sommer zusammenkommen, um sich zu amüsieren, gibt's das nun mal. Drogen-Dealer und ähnliches Gesindel. Da kommt allerhand vor. Meist sind es Leute von der Peninsula, vom Kontinent, aber auch Ausländer. Wir hatten ja letztes Jahr zwei solcher Fälle...«

»Was für Fälle, Herrgott, Herr Pons?!«

Wieder dieser Blick. Dann ein Schulterzucken: »Zwei Fälle von Vergewaltigung, Herr Doktor. Alle beide wurden aufgeklärt. Den Damen ist übrigens nichts passiert. Ich meine«, setzte er hastig hinzu, »wenn man natürlich vom Vorgang als solchem, der wirklich scheußlich ist, absieht.«

»So?«

Vom Vorgang als solchem?

Vergewaltigung...

Ein Wort, das man hört, aufnimmt und das sich dann wie ein Monster ausbreitet, alles andere, jede Reaktion, jeden Gedanken verdrängt.

VERGEWALTIGUNG... Wieso hatte er bisher noch nicht daran gedacht: VERGEWALTIGUNG!

Seine Fäuste zogen sich zusammen.

»Es handelte sich um Engländerinnen. In beiden Fällen. Die Täter waren Südspanier, primitive Bauarbeiter. *Sin cultura.*«

Pons verhedderte sich. Er konnte Tims Blick nicht länger standhalten. »Übrigens: Señor Bonet hätte Sie gerne gesprochen, falls Sie Zeit haben.«

»Señor Bonet?«

»Unser Direktor. Ich werde Sie in sein Büro begleiten.«

Müdigkeit und Erschöpfung hielten Tim noch stärker im Griff als zuvor, doch seine überreizten Nerven sandten ganze Salven ungeordneter Kommandos. Als er hinter dem kleinen, gedrungenen Pons die Halle durchquert hatte und dann vor der Tür verharrte, an die Pons geklopft hatte, war er sich klar, daß er weitere Beschwichtigungsversuche nicht ertragen würde.

Die Tür öffnete sich. Der Mann vor ihm trug tadellos gebügelte weiße Hosen und einen leichten, eleganten, hellblauen Yacht-Pulli. Auf der rechten Brustseite war ein Wappen aufgenäht. Er mochte um die vierzig sein, mit der tiefgebräunten Haut und den klaren, wachen, grauen Augen wirkte er jünger. Wie der Direktor des Formentor sah er nicht aus, eher wie ein Sportlehrer, der Wert auf gute Kleidung legte, um sich eine seriöse, gutzahlende Kundschaft zu sichern.

»Herr Doktor Tannert? Nehmen Sie doch Platz. Ich glaube, wir können uns in Ihrer Sprache unterhalten. Wissen Sie, ich war lange in der Schweiz.«

Man merkte es an seiner Aussprache.

Tim ließ sich in einen Sessel sinken. Bonet blieb vor ihm stehen und blickte auf ihn herab. »Darf ich Ihnen etwas anbieten? Einen Cognac vielleicht?«

»Danke. Oder doch: ein Glas Mineralwasser.«

»Ich werde es Ihnen besorgen, Herr Doktor.« Pons verbeugte sich und verschwand.

»Ich habe von Ihrem Problem gehört, Herr Doktor...«

»Problem nennen Sie das?«

Tim war zu müde, um sich zu erregen. Es war, als drücke ihn eine halbe Tonne Steine zu Boden. »Sie sprechen von Problemen, Ihr Portier von einer Vergewaltigung... Der Guardia-Civil-Typ in Pollensa nahm mich auf den Arm, ehe er mich rausschmiß. Wie ist das, Herr Bonet: Sind Sie verheiratet?«

Der Direktor nickte.

»Ach ja? Was würden Sie dann an meiner Stelle tun? Wie würden Sie es denn lösen, das Problem, daß Ihre Frau ausgerechnet dann verschwindet, wenn Sie mit ihr Ihren Hochzeitstag feiern wollen? Spurlos verschwindet. Wären Sie dann auch so ruhig?«

»Ich bin nicht ruhig. Schauen Sie sich meinen Aschenbecher an. Seit ich ins Hotel zurückgekommen bin, sitze ich hier, warte auf Sie, rauche und überlege. Das Wohlergehen meiner Gäste...«

»... ist Ihr allererstes Gebot«, höhnte Tim.

»Ich meine das ganz ernst, Señor. Es ist keine Phrase. Diesen Satz ernstzunehmen ist in meinem Job die einzige Chance, Karriere zu machen. Ich bitte Sie deshalb, Ruhe zu bewahren.«

»Ruhe? Ich bin die Ruhe selbst. Sehen Sie doch, oder?«

Bonet strich mit dem Daumen über seine Braue. »Aber Sie müssen einsehen: Im Augenblick können wir hier nichts unternehmen.«

»Ich muß das einsehen? Ihre Leute pennen in ihren Betten oder machen Abwasch, und wir lungern hier in Ihrem Büro herum. Und meine Frau ist irgendwo da draußen. Und Sie sagen mir, wir können nichts unternehmen?«

Tims Wut hatte sich in eiskalte Ruhe verwandelt.

»Es wäre vielleicht hilfreicher, wenn Sie mir erzählen würden, was heute nachmittag geschah. Bis zu dem Zeitpunkt, an dem Sie Ihre Frau vermißten. Vielleicht ergibt sich ein Anhaltspunkt.«

Tim nahm einen tiefen Zug aus der Zigarette, die Bonet ihm angeboten hatte. Der Rauch trieb langsam in Richtung Schreibtischlampe. Er begann zu sprechen, Bonet hörte schweigend zu. Tim redete langsam, und er hoffte, bei der Formulierung seiner Gedanken sich selbst Klarheit zu verschaffen. Auch Helene Brandeis vergaß er nicht: »Eine meiner Patientinnen hat uns das Formentor empfohlen. Sie war sehr oft hier. Sie liebte diesen Tee-Pavillon. Vielleicht kennen Sie sie?«

»Persönlich nicht, nur den Namen. Felix Pons hat ihn mir genannt. Es muß sich um eine äußerst sympathische und unternehmungslustige Dame handeln... Gut. Sie kamen also zu uns, um gewissermaßen Ihre Hochzeit nachzuholen.«

Nachzuholen?... Bei jedem Wort, das fiel, wurde Tim klarer, wie absurd alles war: Zwei, die dem Glück hinterherreisten. Hochzeitsfeier. Hochzeitsreise... Und weil dies alles noch nicht reicht, verfallen sie in ihrer Gefühlsduselei auch noch auf die Idee, eine ›Generalprobe‹ abzuhalten! Im Tee-Pavillon, dem Liebesnest... Was, Herrgott noch mal, war geschehen, nachdem sie sich auf dem Parkplatz getrennt hatten? Melissa, um sich frischzumachen und ihr Hochzeitskleid anzuziehen. Du selbst, um Flaschen in den Pavillon zu tragen und die kommenden Stunden ein wenig vorzubereiten...

»Ich stand da oben und wartete und wartete. Und sah auf die Uhr. Und irgendwann, nach vierzig oder fünfzig Minuten, kam zunächst der große Zorn und dann die Unruhe. Wo steckte sie? Herrgott, wo steckte sie?!«

Bonet begleitete seine Sätze mit einem ständigen, aufmunternden Nicken. Es ging Tim auf die Nerven.

»Haben Sie gar nichts gehört? In der Nähe? Irgendein Geräusch?«

Tim schüttelte den Kopf.

Oder doch... Denk nach. In der Nähe? Ein bißchen Flügelflattern hast du gehört, Vögel, die ihre Schlafplätze suchten. Das – und noch etwas: Ein ziemlich brutaler Ton. Ein Motor, der aufheulte. Der Motor eines sehr schweren Wagens.

Er drückte seine Zigarette aus, lehnte sich zurück und schloß die Augen: Ja, und es kam nicht vom Parkplatz, das war weiter weg...

Tim versuchte sich die Parkanlage zu vergegenwärtigen: Die Entfernung von dem schweren Eisentor, das den Eingang bildet, zum Parkplatz beträgt zirka einen Kilometer, schätzte er, wenn nicht mehr. Pons hatte ihm erklärt, daß das Tor während der Saison auch bei Nacht offen blieb. Irgendwo dort, in der Nähe der beiden großen Sandsteinpfeiler, in denen die Torflügel verankert waren, mußte der Wagen gestanden haben. Und noch etwas: Er war leise angefahren. Der Fahrer hatte erst beschleunigt, als er das Hotelgelände hinter sich gelassen hatte und sich auf der langen Geraden durch das Tal befand.

»Ist Ihnen irgend etwas aufgefallen?« Ungeduldig legte Bonet die Hände auf die Knie.

»Einmal habe ich einen Wagen gehört. Er fuhr vom Parktor weg. Doch was heißt das schon?«

»Nicht viel«, sagte Bonet. Er schlug die Beine übereinander, und Tim sah, daß er teure, elegante Slipper mit kleinen goldenen Schnallen trug. Der rechte Schuh begann zu wippen. Die Bewegung irritierte Tim, und noch mehr störte ihn, was Bonet jetzt sagte, leise und stets von demselben verstehenden Lächeln begleitet.

»Sie haben gesagt, daß Sie sich von Ihrer Ankunft an fast die ganze Zeit auf Ihrem Zimmer aufgehalten haben. Gut. Aber ist es nicht oft so, daß wir von einer Situation zwar einen bestimmten Eindruck haben, aber daß dieser Eindruck dann doch nicht ganz den Tatsachen entspricht?«

»Auf was wollen Sie damit hinaus?«

»Nun, es könnte ja sein, daß Ihre Frau das Zimmer doch verlassen hat... Vielleicht während Sie schliefen?«

»Und wozu, Herr Bonet?«

Der Hoteldirektor zog leicht die Schultern hoch. Die Arme blieben verschränkt, auch an seinem Lächeln änderte sich nichts: »Es ist ja nur eine Theorie. Sehen Sie, in der Hotellerie erlebt man die sonderbarsten Geschichten. Vor allem in diesen Sommernächten... Ich glaube, jeder Hoteldirektor oder Portier oder Zimmerkellner könnte ein Buch darüber schreiben. Vielleicht – ich meine das rein hypothetisch – vielleicht hat Ihre Frau irgend jemand getroffen? Einen alten Bekannten... Wir haben ja sehr viele deutsche Gäste hier. Sie stellen unser größtes Kontingent. Oder sie hatte sonst, vielleicht beim Einkaufen in Pollensa, irgendeine Begegnung, die für sie – wiederum rein hypothetisch gesagt – so wichtig war, daß sie...«

»Zum Teufel! Was für eine Begegnung? Was reden Sie denn da?«

»Nun«, das Lächeln wurde vorsichtig, »wissen Sie, Ferienzeiten lösen bei vielen Menschen einen ganz besonderen Zustand aus. Eine Art Freiheitssehnsucht. Die Normen, die man zu Hause so streng befolgt, gelten plötzlich nicht mehr. Die veränderte Umgebung, das Klima...«

Das Klima? Die veränderte Umgebung... Tim mußte sich abstützen, als er sich erhob. Doch nun stand er, sammelte seine verbliebene Kraft in den Schultermuskeln: »Sie wagen es...?« flüsterte er. »Sind Sie verrückt geworden?«

»Ich sagte doch, eine reine Annahme.«

Eine reine Annahme? Dieses Dreckschwein glaubte, daß sich Melissa fortschlich, um ihm Hörner aufzusetzen?! So sah er es! Nicht nur er, so sahen sie es alle, Pons, dieser fette, widerliche Bulle in der Guardia-Civil-Station, der hier, der aalglatte Hotelchef mit den teilnahmsvollen Augen.

Er schlug zu.

Er hatte den Schlag ohne bewußte Absicht geführt, ohne jede Eingebung und doch mit großer Kraft und überraschender Präzision. Er hatte sich dabei abgeduckt. Die Gerade kam aus der Schulter geschleudert. Die Faust erwischte Bonet am rechten Kiefer, warf seinen Kopf auf die Sessellehne zurück, und der Anblick seines in Überraschung und Schmerz verzerrten Gesichtes erfüllte Tim mit wilder Genugtuung.

Was dann geschah, kam schnell und mit der unbarmherzigen Gewalt eines Beilhiebs. Tim spürte den Schmerz zunächst nicht, nur die sonderbare und abwegige Empfindung eines Flugs. Dann ein Krachen. Er war mit der Schulter gegen einen Holzschrank geflogen, der drei Meter hinter ihm stand. Es tat weh, schrecklich weh, und Tim wurde klar: Er hat dich fertiggemacht! Du bist nichts als eine armselige, lächerliche Figur, einer, dem man Hörner aufsetzen, den man niederschlagen kann, ganz nach Gusto, einer, dem die Frau mit anderen wegläuft. Ein Arsch bist du für sie! Ein jämmerlicher Tourist, einer von denen aus dem Norden, die zu bezahlen, aber nichts zu melden haben.

Es wurde ihm übel. Er drückte die Hand gegen den Magen und schloß die Augen. Und als seine Hand nun die Rippen berührte, fühlte er ein dunkles, stechendes Ziehen.

Er hat dich an den Rippen getroffen. Mit dem Fuß!

»Tut mir leid.« Er konnte Bonet nur unklar vernehmen. Er wollte den Kopf hochnehmen. Er schüttelte ihn nur, zu mehr reichte die Kraft nicht.

Zwei Hände griffen unter seine Schultern und zogen ihn hoch. Er stöhnte. Die Schulter brannte. Er wollte ja nicht heulen. Männer tun so was nicht! Sein Atem ging leise und mühsam, und er dachte nur eines: Irgendwann hört das auf. Muß es...

»Tut mir leid, Doktor! Aber es ist ja auch nicht gerade die feine Art, einen Mann im Sitzen auszuknokken.«

Die grauen Augen. Das gleiche Lächeln...

Tim setzte sich in Bewegung. Dort – die Tür! Dort drüben mußte er raus. Koste es, was es wolle. Und gleich!

»Haben Sie Schmerzen?«

Was wollte er noch von ihm?

»Ich bedaure zutiefst. Bei mir war es eine Art Reflex,

gewissermaßen aus dem Instinkt. Ich trainiere Karate. Aber ich wollte Ihnen nicht weh tun, wirklich nicht. Sie ließen mir ja keine andere Wahl, Herr Doktor.«

Herr Doktor? – Mein Gott! Tim sah plötzlich sein Haus vor sich. Das Wartezimmer mit den blauen Stühlen. Die Ordination... Das Kaminfeuer am Abend! Und genau dieses Bild war zuviel. Es wurde ihm wieder übel, und er fürchtete, sich übergeben zu müssen. Nur das nicht!...

Aber er hatte die Tür erreicht.

»Ich kann Sie doch nicht so gehen lassen. Warum ruhen Sie sich denn nicht eine Sekunde aus? Wir werden alles in Ordnung bringen, Sie brauchen sich keine Sorgen zu machen...«

Keine Sorgen! Tim schüttelte nur den Kopf und drückte die Klinke.

»Ich bringe Sie hoch. Ich lasse nicht zu, daß Sie in diesem Zustand...«

»Ich geh' allein«, sagte Tim. »Und vielen Dank, Herr Bonet!«

Tief, so tief in ihr ist noch eine Empfindung von dunkel und hell, Licht, das vorübertreibt, Schatten... wieder Schatten. Und dann hell: fliegendes, vorbeihuschendes Licht.

Ja, fliegen, schweben, so herrlich flaumleicht...

Doch nun kriecht die Schwere durch sie, will den Atem abwürgen, lastet wie Stein. Nun kein Schweben mehr, kein Fliegen. Nun wird sie geschleudert, raketenschnell, begleitet von dunklem Rauschen, das sich zu einem sirrenden, grellen Pfeifen steigert. Es breitet sich aus, nimmt Besitz, nimmt alles. Sie stöhnt. Sie will nicht stürzen, sie schreit, sie hört es nicht.

Sie öffnet die Lider... Auch davon weiß Melissa nichts, denn da ist nichts, was das Gehirn registrieren will. Nur einmal ein blaues, kalkiges Licht, in dem ein schwarzer Schatten steht, steil aufgerichtet, brutal wie ein Fels.

Dann wieder die Lichter, die sich endlos drehen.

Fliegen, stürzen – kein Ende... Oder doch?...

Es war das zweite Mal in dieser Nacht, daß Tim den Schlüssel in das Schloß der Suite Nummer 206 steckte. Er ließ sich Zeit. Die brennende Hoffnung, die er zuvor gespürt hatte, als das Schloß sich drehte, war aschenbitterer Resignation und Verzweiflung gewichen.

Er schob die Tür auf und drückte den Hauptschalter. Der funkelnde Kristallüster goß sein erbarmungsloses, kaltes, klares Licht über den Salon.

Tim blieb im Vorraum stehen. Er sah die blauen Sessel, den niederen Rauchtisch, in der Ecke die Bar, in der anderen, in einen hübschen andalusischen Schrank eingelassen, den Fernsehapparat. Rechts von ihm die Garderobe mit Melissas zitronengelbem Sommermantel, das Innenfutter schwarz.

Er strich darüber, ohne sich klar zu werden, was er tat.

Melissa!

Manchmal hatte er den Namen vor sich hingesprochen oder auch geflüstert, nun dachte er ihn nur noch. Er dachte ihn unablässig, seit der Alptraum begonnen hatte, so wie man betet, nein, eine Beschwörungsformel murmelt: »Melissa!«...

Seine Augen machten Inventur, durchforschten den großen, fremden, luxuriösen Raum, als könnten sie etwas ungemein Wichtiges entdecken. Auf dem Holz des Barschranks funkelte braun- und goldgeprägtes Leder: Melissas Abendtäschchen... Wieso eigentlich lag es dort?! Unser Spiel im Pavillon! Und der Champagner steht noch immer da oben... Zum Teufel mit dem Champagner! Zum Teufel mit dir selbst, du Idiot, mit deinen Einfällen. Ja, der Champagner stand dort oben, und die Liegestühle warteten, und es roch nach Geißblatt und wildem Lavendel, als er zum ersten Mal »Melissa« geflüstert hatte!

Er schloß die Augen und legte die Hand auf die Schwellung an seiner rechten Seite, ohne sich des Schmerzes richtig bewußt zu werden. Wie war das? Denk nach, bau's dir wieder zusammen. Herrgott noch mal! Du warst es doch, der diese Superinszenierung erfunden hat. Und du warst es auch, der sagte: »Zieh dir das Kleid an!« Aber sie wollte nicht. Klar doch: Das Kleid war für den Hochzeitstag bestimmt. Umgekehrt wäre es ihr absolut zuzutrauen, daß sie es doch angezogen hätte und sich deshalb die Abendtasche herauslegte. Es wäre sogar typisch Melissa: Zuerst abzulehnen und dich dann mit der Erfüllung eines Wunsches zu überraschen...

»Ich will mich noch ein bißchen hübsch machen.« Hatte sie das nicht gesagt?

Was hieß ›hübsch machen‹?... Es kostete ihn Überwindung, durch den Raum zu gehen und das Täschchen in die Hand zu nehmen. Er preßte es gegen die Wange. Dann ließ er den Bügel aufschnappen und nahm den sanften Parfumduft auf, der in seine Nase stieg: Arpège... Er atmete tief durch, und nun spürte er den Schmerz an der rechten Seite. Der Kerl hat dir die Rippe geprellt! »Vielleicht hat Ihre Frau irgend jemand getroffen, einen alten Bekannten...«

Dieser Scheißtyp!

Und wie war das? »Wissen Sie, Ferienzeiten lösen bei vielen Menschen einen ganz besonderen Zustand aus, eine Art Freiheitssehnsucht. Die veränderte Umgebung, das Klima... Wir haben da unsere Erfahrungen.«

So ein dreckiger Lump! Vielleicht war's nicht richtig, sofort zuzuschlagen, doch sollte er das auch noch bereuen? Nicht daran denken... Konzentriere dich!

Er drückte den Verschluß wieder zu und legte die Tasche so vorsichtig zurück, als sei sie aus zerbrechlichem, dünnem Glas.

Vielleicht hatte sie doch das neue Kleid anziehen wollen und deshalb die Tasche aus dem Schrank oder dem Koffer genommen? Sonst würde diese ja nicht hier liegen? Schließlich gehörte sie zum Kleid... Und dann hatte sie es sich anders überlegt?

Doch was?

Was hatte sie gedacht?

Himmelherrgott noch mal: Was war in ihr vorgegangen, welchen Wunsch, welches Ziel hatte sie verfolgt? Wollte sie nicht etwas zum Essen mitbringen?

Als Tim sich bückte, um den kleinen Zimmerkühlschrank zu öffnen, stach ihm der Schmerz zwischen die Rippen. Er preßte die Lippen zusammen und zog die Türe auf: Getränke. Büchsen. Fruchtsäfte. Zwei Piccolo-Flaschen Champagner. Weiß- und Rotwein.

Und daneben die Büchse mit der Pâté, die sie in Pollensa gekauft hatte. Und etwas in Silberfolie verpackter Schinken. – Dies alles so unberührt, als sei es von ihr soeben, vor weniger als einer Minute, hier verstaut worden.

Er schlug die Türe wieder zu und betastete vorsichtig seinen schmerzenden Körper. Er schloß die Augen und versuchte nachzudenken. Nichts. Nichts als das Gefühl, das er aus Alpträumen kannte: Dieses schreckliche Gefühl, im Treibsand, schlimmer noch, im Moor zu versinken, unaufhaltsam, tiefer, tiefer, unter den Füßen, die er nicht mehr bewegen konnte, nichts als schwarzer, zäher Sumpf...

Nicht durchdrehen! Wie oft hatte er sich das schon befohlen? Reiß dich endlich zusammen! Er ging zum Fenster und preßte die heiße Stirn gegen das Glas. Er hatte Schmerzen, gut – nun wurde er sich bewußt, daß er auch Hunger empfand. Wann hatte er das letzte Mal etwas gegessen? Was du brauchst, ist deine Kraft. Diese Sache durchzustehen ist nicht allein eine Frage der Moral oder des Verstandes, es hat etwas mit der Physiologie zu tun, mit der simplen Tatsache, die ihm sein medizinischer Instinkt meldete, daß er Kohlehydrate, Eiweiß und Fett brauchte, wenn er über die Runden kommen wollte.

Er ging zum Telefon und wählte die Nummer sieben.

»Room-Service«, meldete sich eine Männerstimme.

»Bringen Sie mir eine Suppe und Weißbrot, ja? Und zwei Spiegeleier mit Schinken.«

»Sehr wohl. Aber welche Suppe?«

»Verdammt noch mal, ist mir vollkommen egal. Hühnercreme vielleicht. Und verbinden Sie mich mit dem Empfang, Herrn Pons.«

»Tut mir leid, Señor. Aber von hier unten ist das

nicht so einfach. Wenn ich Sie bitten darf, nochmals die Nummer eins zu wählen...«

Er warf den Hörer auf die Gabel, griff fahrig in die Tasche, um sich eine von Melissas Zigaretten herauszuholen. Eine der letzten drei aus der zerknautschten Schachtel. Aber er brauchte sie. Wie lange hast du gekämpft, um das Teufelszeug loszuwerden? Vier, nein, fünf Jahre...

Und jetzt? Jetzt kommt's nicht mehr darauf an. Wieso auch? Jetzt ist das nicht wichtig. Nichts mehr ist wichtig.

Die Tür zum Schlafzimmer – halb offen!

Tim starrte sie an, und in ihm erwachte eine Empfindung, die sich wie eine hochschießende Stichflamme zu einer aberwitzigen Hoffnung verdichtete: Wenn sie vielleicht...?

So wie damals?!

Damals, als er noch in der Essener Klinik arbeitete, wollte er seinen jüngeren Bruder Christian besuchen. Im Studentenheim erhielt er die Nachricht: »Die Polizei hat angerufen. Christian hatte einen Motorradunfall. Tot. Wirbelsäulenfraktur.«

Tim war alle Krankenhäuser abgefahren, schließlich die Friedhöfe, und als er in die Klinik zurückkam, läutete das Telefon. Am Apparat war Christian: »Hast dir aber ganz schön in die Hosen gemacht, Alter, was? Irrtum! Ich bin quietschfidel. War nur 'ne Namensverwechslung. Ein Irrtum, Alter...«

Ein Irrtum! Vielleicht war dies alles nichts anderes als ein verrücktes Verwechslungsspiel.

Er rammte die Fußspitze gegen den Schleiflack der Tür.

Und da war das Bett mit seiner breiten Brokatdecke und dem eingewebten Rosenmuster, da waren die gedrechselten Säulen, die diesen blödsinnigen Baldachin trugen, den er Melissa so angepriesen hatte, und dann, an der rechten Ecke des großen Bettes, eines ihrer türkisfarbenen Hemdchen... sonst nichts.

Er nahm es in die Hand, streichelte es, drückte sein Gesicht hinein, als könnte er ihren Geruch, ihr Wesen, ihr Leben, ihre Nähe in sich saugen. Und der Schmerz kam wieder. Er ließ das Hemdchen fallen und rannte ins Bad, öffnete die Dusche, ließ kaltes Wasser über die Hände strömen und versuchte, den Kampf gegen dieses wilde, hilflose Schluchzen zu gewinnen, das seine Brust zu sprengen drohte.

»Rezeption? – Señor Pons?«

»Jawohl, Herr Doktor. Hier spricht Pons.«

»Herr Pons, geben Sie mir sofort den Direktor.«

»Tut mir außerordentlich leid...«

»Was tut Ihnen leid, verdammt noch mal?«

»Das geht nicht. Don Luis ist leider aus dem Haus.«

»Und wann kommt er wieder, Ihr Don Luis?«

»Schwer zu sagen, Doktor. Ich nehme an, ziemlich bald.«

»Soll ich Ihnen sagen, was ich annehme? Ich nehme an, daß dieses Hotel ein ganz beschissener Laden ist. Das heißt, das weiß ich inzwischen. Und ich kann Ihnen nur sagen, Herr Pons: wenn Sie einen einzigen Funken Verstand im Kopf haben...«

»Aber Herr Doktor! Ich bitte.«

»Sie haben nicht zu bitten. Sie werden jetzt zuhören.

Ich sage Ihnen, wenn Sie einen letzten Rest Vernunft haben, werden Sie veranlassen, daß jetzt gehandelt wird. Falls nicht, können Sie mit zwei Dingen rechnen: Erstens kriegen Sie von meinem Anwalt eine Anzeige wegen unterlassener Hilfeleistung. – Und weiter...« Auf der rosengeschmückten Brokatwiese seines Himmelbetts sitzend schob Tim die Finger wie einen Rechen durch die Haare. Hin und her, vor und zurück: »Und zweitens werd' ich dafür sorgen, daß die gesamte deutsche Presse von Ihrem Verhalten erfährt.«

»Meinem Verhalten? Darf ich fragen, von welchem Verhalten Sie reden?«

»Ja Donnerwetter noch mal! So was fragen Sie? Sie wollten doch mit Ihren idiotischen Ausflüchten verhindern, daß ich zur Polizei gehe. Was tun Sie denn? Sie und Ihr Direktor? Sie drehen Däumchen, obwohl einer Ihrer Gäste in Lebensgefahr sein kann. Das tun Sie.«

Die Wut donnerte wie ein glühender Hammer in seinem Schädel – zu stark, zu wild, als daß er sie bändigen konnte. Seine Stimme sank zu einem heiseren Flüstern: »Eines sage ich Ihnen, Herr Pons: ihr werdet mir das bezahlen. Ich werde euch jeden Anwalt dieses Landes auf den Hals hetzen.«

»Tun Sie, was Sie wollen, Herr Doktor. Aber sprechen Sie um Himmels willen wie ein vernünftiger Mensch mit mir, statt mich dauernd zu beleidigen.«

Tim wollte den Hörer auf die Gabel schmettern, aber da war etwas in der Stimme des kleinen runden Mannes dort unten, das ihn innehalten ließ.

Und was sagte Pons da gerade?

Er preßte den Hörer gegen das Ohr. »Es wird alles unternommen, was möglich ist, Herr Doktor«, sagte

Pons. »Der Hausmeister, der Gärtner, unser Materialverwalter sind draußen im Garten. Der Direktor auch. Sie haben Taschenlampen mitgenommen und den ganzen Westteil des Parks durchkämmt. Sie sind auch ein Stück den Berg hochgegangen. Aber wir haben hier fünfundvierzig Hektar Land, Herr Doktor. Das ist viel – für vier Mann.«

Vier Mann. Dort draußen in der Nacht. Mit Taschenlampen?

»Verzeihung«, sagte Tim. »Sie begreifen doch sicher...«

»Natürlich begreif' ich.«

»Ich bin vollkommen durcheinander, Herr Pons.«

Doch dann kam die Bitterkeit zurück, die Bitterkeit und die Schwäche. Natürlich hatte Pons recht, und er verstand es ja auch: Der Betrieb mußte weiterlaufen. Schichtwechsel. Abendessen. Jetzt spielte unten ein Orchester. Und die Bar war sicher voll... Ein Heer von Typen, die in Frack und weißem Jackett herumliefen, um eine Handvoll verwöhnter Millionäre mit Futter und Drinks zu versorgen. Tägliche Routine – für Leute wie Pons aber war jeder Handgriff enorm wichtig. Das perfekte Hotel! »Meine Damen und Herren! Der Service wird heute leider eingestellt, da wir einen Gast suchen müssen.« Diese Durchsage kam nicht in Frage.

»Herr Pons, falls irgend etwas sein sollte...«

»Natürlich, Herr Doktor. Ich rufe Sie sofort an.«

»Gute Nacht, Herr Pons.«

»Gute Nacht, Herr Doktor. Und versuchen Sie zu schlafen.«

Richtig. Nur wie? Er hatte ein paar Schlaftabletten in seinem Necessaire. Draußen im Salon warteten die

Suppe und die Spiegeleier. Schon bei dem Gedanken daran wurde ihm übel.

Er blieb auf dem Bett sitzen und schloß die Augen. Und da war wieder dieses Rauschen in seinen Ohren, das Gefühl, nichts zu erleben als einen verrückten, unbegreiflichen Traum.

Angst, nichts weiter als Angst. Sein Puls, der in seinen Schläfen donnerte. Angst! Du mußt dich entspannen. Wo hat die Angst ihren Sitz? In der Hypophyse, wo sonst? Was macht sie? Nimmt nicht nur Eindrücke, nimmt auch Gefühle auf, übersetzt sie in Botenstoffe, sendet ihre Hormon-Kommandos, öffnet die Schleusen des Adrenalins, bis es dir die Kehle zudrückt, dein Herz hochheizt und dein Gehirn überschwemmt, daß du glaubst, verrückt zu werden.

Als er sich diesmal erhob, drehte sich der ganze Raum um ihn.

Er wischte sich mit dem Handrücken über die feuchte Stirn und sackte zurück. Er versuchte es noch mal und holte aus dem Bad die Schlaftabletten...

Montag

Tim öffnete die Augen.

Über ihm wölbte sich mattschimmernde, goldene Seide. Das Bett. Welches Bett? Er schob die Hand über den leeren weißen Platz an seiner Seite. Er schien ihm endlos.

Es war kein Erwachen, es war ein Schock. Mit der brutalen Gewalt, mit der jemand eine Tür eintritt, brach die Realität über ihn ein.

Er fuhr hoch, stand auf, rannte taumelnd durch das Schlafzimmer hinüber in den anderen Raum, aus dem ein unangenehmer Pfeifton drang. Das farbige Karo des Fernseh-Standbilds schien ihn anzugrinsen. TVE-2. Die am oberen Rand eingebaute Digitalanzeige stand auf sieben Uhr achtundvierzig.

Sein Schädel begann zu hämmern. Er mußte sich an dem Apparatgehäuse festhalten, als er abschaltete. Draußen, hinter den hohen Fenstern dehnten sich strahlend blau Meer und Himmel. Auf der Marmorplatte des Tisches hatten sie gestern noch gefrühstückt, Melissa und er... Melissa!

Heute war ihr Hochzeitstag!

Er rieb sich die Schläfen: Hochzeitstag? Das Wort ließ sich nicht verdrängen. Wie auch? Wieso nur waren sie hierhergeflogen? Warum, mein Gott! Wenn es dich gibt, dann...

Das hatte er schon hundertmal gesagt, gedacht, geflüstert, gefleht. Nichts hatte sich geändert...

Er zog die Vorhänge vor, um den verdammten Tisch und das endlose Meer nicht mehr sehen zu müssen. Ein neues Kapitel in diesem Alptraum, der nicht enden wollte, konnte beginnen.

Mit Hilfe der kalten Dusche und einer Flasche Mineralwasser brachte sich Tim soweit in Form, daß er einigermaßen klar denken und kontrolliert handeln konnte. Was er jetzt brauchte, war Kaffee – und die Guardia Civil! Diesmal würde er Rigo einheizen. Und außerdem war ein Anruf im Konsulat in Palma fällig. Zu früh? Ja, klar. Diese Brüder rühren doch vor zehn Uhr kein Telefon an...

Er riß Jeans und Jeanshemd aus dem Schrank, bemühte sich, Melissas Kleider zu übersehen. So still, nutzlos, überflüssig hingen sie hier wie die Kleider einer Toten...

Hastig schloß er den Schrank und ging zur Tür. Er begann zu rennen, als ein feiner Glockenton anzeigte, daß der Lift auf dem Stockwerk halten würde. Die Türe glitt auf. Zwei Frauen standen in der Kabine, beide im gleichen Schottenrock mit der gleichen dunkelblauen Wetterjacke, den gleichen dicksohligen Wanderschuhen und scheußlichen, storchschnabelroten Kniestrümpfen an den Beinen. Grau die eine, dunkelblond die andere. Mutter und Tochter.

»Good morning!«

Er versuchte zu lächeln. Die Frauen blickten ungerührt an ihm vorbei. Er drehte sich um und war froh, als die Tür wieder aufging und das vertraute Bild der Halle freigab.

Pons?... Dort stand er im Gespräch mit einem Pagen. Auch der lange Martinez war zu sehen. In der Halle herrschte Betrieb. Eine ganze Gruppe Ausflügler drängte der grüngoldenen Helligkeit dort draußen entgegen.

Ein neuer, verfluchter Tag im Paradies konnte beginnen!

Pons ließ den Mann in der Hoteluniform stehen und kam auf ihn zu: »Herr Doktor! Gut, daß Sie schon da sind. Wir brauchen eine Fotografie Ihrer Frau.«

»Wir?« Tim fühlte, wie sich der Druck in seinem Schädel verstärkte.

»Nun, die Gäste sollten befragt werden, ob jemand sie gestern noch gesehen hat. Doch wie? Man kennt Ihre Frau ja nicht im Hotel. Der Zimmerkellner, mein

Kollege Martinez und ich sind so ziemlich die einzigen Menschen, mit denen sie gesprochen hat. Wir werden deshalb hier am Empfang ein Foto aufliegen lassen. Mit dem entsprechenden Text, versteht sich. Direktor Bonet fand diese Idee zwar nicht sehr gut, Sie wissen doch, in einem Ferien-Hotel hat man Rücksichten zu nehmen, aber Pab hat darauf bestanden.«

»Pab?«

»Pablo Rigo. Der Chef der Guardia Civil. Er ist bereits hier mit seinen Leuten. In einer Viertelstunde soll die Suche im Park beginnen. Ich sagte Ihnen doch, Rigo ist ein tüchtiger Mann.«

»Ja, unglaublich tüchtig...« Tim hatte Mühe, sich zu beherrschen.

»Übrigens, da kommt er gerade.«

Tatsächlich. Die Hände wie immer in seinen Baumwollgürtel gehakt, schaukelnd, gemächlich wie ein Bauer, der über sein Feld stapft, schob sich Rigo durch die Gäste, die respektvoll vor ihm zurückwichen. Erst jetzt fiel Tim auf, wie groß der Mann war. Er selbst maß ein Meter fünfundachtzig, dieser Rigo stand ihm nicht viel nach, nur daß er doppelt soviel wiegen mußte.

»Buenos dias!« Er tippte mit dem Zeigefinger gegen den Mützenrand. »Das Foto? Haben Sie es?«

Tim schüttelte den Kopf. »Ich geh' noch mal rauf ins Zimmer.«

»Diese Paßfotos taugen ja nichts. Eine Privataufnahme... Und noch was: Bringen Sie irgendein persönliches Kleidungsstück Ihrer Frau mit.«

»Ein persönliches Kleidungsstück meiner Frau?«

»Wir haben Hunde dabei. Sie müssen die Fährte aufnehmen, Mister.«

Das ewige ›Mister‹ ging Tim auf die Nerven. Er drehte sich um, fuhr hoch, öffnete Schränke. Ein persönliches Kleidungsstück?... Über der Sessellehne hing ein türkisblaues Seidenhemdchen: Melissas Hemdchen. Gestern noch hatte sie es getragen. Es war so zart, daß es in eine Faust paßte. Er hielt es umschlossen, als er aus der Brieftasche den Führerschein holte. In der Zellophanhülle bewahrte er eine Aufnahme. Sie zeigte Melissa in einem Korbstuhl. In der linken Hand hielt sie ein aufgeschlagenes Buch, um den rechten Zeigefinger wickelte sie eine Locke, das Gesicht war schräg dem Betrachter zugeneigt: ausdrucksvoll, so klar geschnitten, ein leichtes, fast schwebendes Lächeln um die Lippen.

Der Anblick war wie ein Messerstich.

Auch Rigo nahm das Foto mit überraschender Zartheit in die Hand, drehte es hin und her, sah ihn kurz an, nickte, und zum ersten Mal war es Tim, als habe er bei diesem Fleischkloß so etwas wie Verständnis entdeckt.

Er schob das Foto Pons zu: »Den Text kennst du ja. Stell das Ding so auf, daß es die Leute sehen, wenn sie zu dir kommen. Klar?«

Sie verließen das Hotel. Die Gruppe von zuvor war verschwunden. Bei den beiden Säulen, die die gewaltigen, schmiedeeisernen Eingangslampen trugen, parkten drei olivbraune Landrover. Männer kletterten heraus, als Rigo den Arm hob und winkte. Zwei hatten Schäferhunde dabei. Sie hielten die Tiere straff an kurzen Dressurleinen, als sie herankamen.

Rigo gab seine Befehle. Die beiden Hundeführer nickten und kamen noch näher. Die Augen der Tiere füllten sich mit konzentrierter Wachsamkeit. Sie waren auf Tim gerichtet.

»Bitte«, sagte Rigo. »Sie müssen den Geruch kennenlernen. Sie haben doch etwas dabei, nicht wahr?«

Es war eine absolut unwirkliche Situation für Tim. Er hatte das Gefühl, neben sich selbst zu stehen und eine Szene zu beobachten, mit der er nichts zu tun hatte, eine Szene, so verrückt und abwegig wie aus einem surrealen Theaterstück.

Da stand er nun, hielt Melissas Seidenhemdchen den schwarzen Schnauzen zweier Spürhunde entgegen. Und die schnüffelten auch noch schweifwedelnd und fröhlich daran herum...

»Dort drüben«, sagte Rigo und hob den Arm, »sehen Sie den grauen Strich? Das ist die Straße nach Casas Veyas. Die geht dann weiter bis zum Cap und zum Leuchtturm. Aber warum sollte sie die Straße genommen haben? Wenn sie hier weg wollte, dann schon in Richtung Puerto Pollensa.«

Tim saß auf einem großen Sandsteinfelsen. Er hatte die Augen geschlossen. Hier in dieser Höhe war bereits die Kraft der Sonne zu spüren. Wie lange waren sie unterwegs? Eine halbe Stunde, vierzig Minuten, vierzig Ewigkeiten...

Der Wind strich durch die Zweige der wilden Oliven. Weiter rechts hörte man Steine über den Berg kollern, die die Polizisten losstießen. Und ab und zu das hechelnde Winseln einer der beiden Hunde. Sie hatten den Park durchkämmt. Und nichts gefunden. Nichts – was bedeutet dieses Wort? Was war ›nichts‹?

»Hören Sie, was ist, wenn meine Frau vergewaltigt wurde? Wenn sie irgendein Kerl angefallen und sie irgendwo an irgendeinem Ort in irgendeiner Schlucht in dieser verdammten Gegend hinuntergestoßen...«

Rigo wandte den schweren Kopf. Auf den hamsterähnlich aufgetriebenen Backen wuchsen graue Stoppeln, dazwischen glitzerte Schweiß. »Vergewaltigt, Mister? So was passiert hier schon. Aber umgebracht? Die Kombination ist in Spanien äußerst selten. Da machen Sie sich mal keine Sorgen.«

»Ihnen fällt wohl nichts anderes ein, als ›Machen Sie sich keine Sorgen‹!«

»Wollen Sie?« Der *Brigada* streckte ihm die Feldflasche entgegen. Tim nahm sie dankbar und ließ den dünnen schwarzen Kaffee durch die Kehle rinnen.

»Vergewaltigungen«, sagte Rigo und spuckte einen feinen Strahl Speichel gegen den nächsten Felsbrokken, »ich will Ihnen mal was sagen... Bevor ich hierherkam, war ich in Magaluff stationiert. Und das ist so ziemlich der beschissenste Strand auf ganz Mallorca. Nur Abfall und Schrott. Die Einheimischen wie die Touristen. Und von Magaluff haben sie mich nach Malaro an die Costa Brava verdonnert. Kennen Sie das? Jemals dort gewesen? Nein? Mataro, das ist Magaluff mal hundert! Jedenfalls, da gibt's das schon, was sie ›Vergewaltigung‹ nennen...«

»Wieso nennen?«

»Wieso? Weil es sich oft genug um eine ganz miese Komödie handelt«, sagte der schwere Mann mit der schweren Stimme. »Eine miese Komödie mit miesen Schauspielern, besoffenen und geilen Touristinnen und armseligen, geilen *muertos de hambre*, dämlichen

Hungerleidern aus dem Süden. Aber das hier, das ist nicht Magaluff. Das ist Formentor. Und auch drüben in Alcudia geht's noch relativ zivilisiert zu.«

Er drehte den Kopf, das Lächeln auf den fettglänzenden Lippen wurde bitter. »Ich hab' meine Erfahrungen. Und meinen Riecher. Und noch was, Mister: Wenn es sich um eine Spanierin handeln würde, wär's was anderes. Aber die werden nicht vergewaltigt. Die bleiben schön brav zu Hause... Und falls was passiert, gehen sie auch nicht zur Polizei und machen eine Anzeige... Bei Ausländerinnen ist das anders. Die sind sofort da, rennen zur Polizei, schreien um Hilfe.«

Tim spürte seinen Magen: schreien um Hilfe?! Er blickte den Hang hinab. Dort zog sich die braune Sandsteinmauer hoch, die die Grenze des Hotelgrundstücks anzeigte. Drüben lag das Halbrund der Badebucht von Cala Pi. Einige verlassene Bungalows und Hütten gäbe es da, die sie noch durchsuchen müßten, hatte Rigo zuvor gesagt. Warum hatten sie nicht damit angefangen? Welchen Sinn hatte es, hier eine Felswüste zu durchstöbern? Es war immer dasselbe: Wenn die Hunde mal bellten, hatten sie höchstens ein Wildkaninchen aufgescheucht.

Rigos Männer hatten sich unten am Durchlaß versammelt. Er nahm sein Funksprechgerät und sagte ein paar spanische Sätze. Sie verschwanden zwischen den Pinien und den hohen kalifornischen Föhren des Parks.

»Ich muß Sie noch was fragen, Mister...«

»Hören Sie endlich mit diesem blöden ›Mister‹ auf! Ich bin kein Mister. Ich heiße Tannert.«

»Das ist es doch. Kann mir den Namen verdammt

schwer merken. Ist Ihnen Señor lieber? Wie heißen Sie denn sonst noch?«

»Tim.«

»Tim?«

»Kommt von Timoteus.«

»Den Namen haben wir auch, Tim: Timoteo.«

»Und was wollten Sie fragen?«

»Ja, was?« Rigo rieb sich sein Kinn. »Erstens: Ist Ihnen schon mal passiert, daß Ihre Frau bei irgendeiner Gelegenheit einfach auf und davon ging?«

»Bei irgendeiner Gelegenheit? Heute ist mein Hochzeitstag! Deshalb sind wir hierhergeflogen. Das habe ich Ihnen vorhin schon erklärt.«

»Vielleicht hatten Sie Spannungen?«

»Wir hatten keine Spannungen. Wir waren glücklich.«

»Glück...« Rigo spuckte einen feinen Strahl Speichel zwischen die Gräser. Er wischte sich den Mund mit dem Taschentuch sauber und machte ein paar Schritte, um wieder stehenzubleiben und den Kopf zu drehen: »Glück ist auch so ein Wort, nicht? Aber vielleicht hat sie's mit den Nerven, Ihre Frau? Es gibt Menschen, die ganz plötzlich, ohne Vorankündigung, aus irgendwelchen Gründen, die man nicht versteht, die sie selbst nicht verstehen, einfach durchdrehen. Gehört sie zu diesem Typ?«

»Meine Frau ist Wissenschaftlerin, Biologin. Sie gehört bestimmt nicht zu dem Typ. Das ergibt sich schon aus ihrer Entwicklung, ihrem Beruf, ihren Aufgaben.«

»Aha, Aufgaben... Und was haben Sie für Aufgaben?«

»Sie meinen beruflich?«

»Ja.«

»Arzt. Das wissen Sie doch?«

»Haben Sie irgendwelche Feinde, Leute, die Ihnen nicht wohlwollen?«

»Nicht, daß ich wüßte.«

»Haben Sie vielleicht mit Drogenabhängigen zu tun?«

»Hören Sie, was immer Sie sich da zusammenbrauen, es haut nicht hin. Es stimmt nicht, kann gar nicht stimmen. Ich bin Praktiker. Ich habe eine Praxis auf dem Land, in Bayern. Es gibt keine großen Unbekannten.«

»Auch das habe ich schon oft gehört, Tim.« Rigo hatte sich wieder in Bewegung gesetzt. Er sprach über die Schulter zurück: »Und dann waren sie doch da. Vielleicht nicht die großen Unbekannten, aber irgendwelche Typen, mit denen keiner gerechnet hatte, weil man nicht mit ihnen rechnen konnte. Ihre Frau ist also vollkommen gesund und glücklich?«

»Hören Sie auf mit dieser blöden Fragerei!« Tim konnte sich nicht länger beherrschen.

»Sagen wir ruhig gesund, Tim. Wie ich die Sache sehe, ist sie's auch jetzt. Also regen Sie sich bloß nicht auf. Sie kriegen sie schon wieder.«

Er setzte sich erneut in Bewegung, ging den langen schmalen Pfad entlang, der zu der Mauer dort drüben führte.

»Wie fühlst du dich, Melissa?«

Die Stimme!

Sie kam aus der Stille. Aus einem fernen, knisternden Nirgendwo.

Sie hatte es schon zweimal versucht: Sie hatte die Augen geöffnet, sich umgeblickt, doch die Lider waren so entsetzlich schwer. Nun vollbrachte sie es ohne besondere Anstrengung. Bei ihrem ersten Blick, als die Sinne sich langsam aus den Tiefen der Bewußtlosigkeit befreien konnten, war es nur ein ungläubiges Tasten gewesen, eine Wahrnehmung, die sie nicht einordnen konnte.

»Du hast dich kaum verändert. Weißt du das?«

Die Stimme...

»Auch jetzt nicht. Du, ich habe Fotografien von dir... Manchmal sehe ich sie mir an. Obwohl ich sie ja nicht brauche, mein Gedächtnis funktioniert noch.«

Worte.

Sie schienen auf sie herabzusinken, leise, leicht, streichelnd, so nahe... Sie erzeugten eine sonderbare, gewichtslose Intimität wie das gründämmernde Licht, in das der Raum getaucht war.

»Hast du schön geschlafen, Melissa?«

Worte, die man im Traum vernimmt. Das war es auch – ein Traum! Das Traumbild, zu dem die Stimme gehörte, bestand aus einer großen, zweiflügeligen Terrassentür, die von den Bögen zweier Fenster flankiert wurde. Und aus Vorhängen. Weißen Vorhängen...

»Oder fühlst du dich benommen? Hast du Schmerzen? Nun sag schon.«

Hatte sie Schmerzen? Diesen Druck im Innern der Augenhöhlen und ein feines, stechendes Schaben. Auch die Lider wurden wieder schwer. Sie fielen herab.

»Melissa, weißt du, daß ich deine Narbe sehe? Jetzt kann ich sie erkennen. Ganz deutlich. Du hast dein

Knie bewegt. Das ist gut – man sieht sie noch, die Narbe.«

Welche Narbe? Sie versuchte nachzudenken.

»Tadellos abgeheilt. Wirklich. Wie hieß der Chirurg noch, Melissa? Ja, Vranjek – ein Jugoslawe war das doch, nicht wahr, Melissa? Der Bursche konnte was. Nichts geblieben als ein kleiner zarter Strich auf deiner Haut.«

Ein Strich auf deiner Haut.

Und die Stimme sprach weiter.

»Bei mir war's Taschner. Der alte Taschner in Heidelberg. Auch ein guter Mann, der Professor. Eine Kapazität sogar. Ich habe manchmal mit ihm zusammengearbeitet... Er hat sich angestrengt...«

Angestrengt? Und nun ein leises Lachen. Wie sie es kannte, dieses Lachen! Es löste sich aus irgendeiner Schicht, die in ihr war, wurde laut, hallend, erzeugte Angst. »Na ja, viel zu holen war nicht für ihn. Der arme Taschner hat seine Zeit verschwendet. Aber du, Melissa? Nichts, nichts als ein weißer Strich.«

Sie hatte sich etwas hochgerichtet. Das Knäuel des Kissens drückte gegen ihren Hinterkopf. Alle ihre Sinne waren darauf gerichtet, herauszufinden, woher die Stimme kam. Im Raum war niemand – und doch schien die Stimme sie einzuhüllen, so nah war sie.

»Soll ich dir etwas sagen, Melissa – für mich ist diese Narbe wichtig. Ungemein wichtig. Und willst du wissen, warum? Weil sie etwas ganz Besonderes darstellt. Sie ist eine Art Sieg für mich. Auch wenn dir das etwas pathetisch vorkommt. Das ist sie. Sie ist nämlich der Beweis, daß alles so war, wie es gewesen ist. Und was bedeutet es?«

Wieder dieses leise Lachen, das eher ein Kichern war. »Es bedeutet, daß du zu mir gehörst. Noch immer. Ich hoffe, du verstehst mich richtig, Melissa. Ich hoffe, du kannst überhaupt verstehen. Hörst du mich, Melissa?«

Früher hatte sie oft von dieser Stimme geträumt. Früher konnte sie sich nicht einmal gegen sie wehren. Wie oft war sie schreiend in der Nacht aufgewacht? Doch das lag so weit zurück. Der Name, die Stimme – all das Schreckliche, was damit verbunden war – gelöscht.

Daran hatte sie so fest geglaubt.

Und nun.

»Nun Melissa, was sagst du? Nun sind wir wieder zusammen. Es war eine Entscheidung, die notwendig war. Aber ich habe sie nicht leichten Herzens getroffen. Ich habe mich gefragt, ist das richtig, was du da tust? Ich habe mich geprüft, Melissa – aber schließlich erkannte ich: Es gibt keine andere Wahl. Ja, es war notwendig, daß ich dich holen ließ. Und was notwendig ist, ist im tiefsten Sinne auch gut. Du wirst sehen, mein Herz, Notwendigkeit löscht alle Zweifel. Sie hat ihr eigenes Gesetz. Verstehst du das?«

Fischer!

Es war ein glühender Stromstoß, der über ihren Rükken fuhr. Ein Frösteln ergriff sie, das sie am ganzen Körper erzittern ließ.

Fischers Stimme!

Seine Sprache. Diese blödsinnige Art, an irgendwelchen Worten zu drechseln, damit sie mehr Gewicht erhielten.

Notwendigkeit... Gesetz?

Und: holen lassen...?

Wer hatte sie geholt? Und wie? Von wo?

Als die Stimme von der Narbe sprach, hatte Melissa hastig die Decke über die Beine gezogen und sich im Bett aufgerichtet. Nun sah sie sich um. Der Blick nach draußen wurde durch die Vorhänge versperrt. Der Raum war groß, oval, hell. Farbige Kissen lagen auf der Bank. In einem goldenen geschnitzten Rahmen hing ein Spiegel.

Und kein Mensch zu sehen. Noch immer nicht!

Sie lag allein, auf einem Bett. Sie war mit ihrem Slip und einem kurzen Hemd bekleidet, das nicht ihres war. Und diese jähe Stille? Die Stimme, hatte sie nur geträumt?... O nein, da war sie wieder:

»Jetzt bist du ja wirklich wach, was?«

Sein leises Lachen.

»Und jetzt fragst du dich auch, wie du wohl ins Bett gekommen bist. Aber mach dir keine Sorgen, mein Herz: Meine Haushälterin hat dich gestern ins Bett gebracht. Du wirst Madalena noch kennenlernen. Sie hat dir auch dieses Hemd angezogen. Denn schließlich, Melissa, warst du ja in einem Zustand, in dem du nicht agieren konntest. Das ließ sich nun mal nicht vermeiden. Und wenn du noch eine leichte Benommenheit fühlen solltest, das geht gleich vorüber.«

Sie drehte den Kopf. Das Wort ›vorüber‹ war von einem leisen Knistern begleitet. Es kam von der Seite. Ja, dort oben, auf der Holzkonsole, die in zwei Meter Höhe den ganzen Raum umlief, war ein Lautsprecher montiert: Ein flacher, im selben Holzton gehaltener Kasten.

Von dort also kam die Stimme? Aus einem Kästchen?

Und in dem Kästchen war ein Lautsprecher? Aber wie konnte er sie sehen?

»Du wunderst dich, nicht wahr? Du kennst mich doch. Ich habe alles vorbereitet. Ich hatte nicht ganz vierundzwanzig Stunden Zeit dazu. Aber seit ich dich wiedersah, hab' ich mich entschlossen, das Wort Zufall nicht anzuerkennen. Schicksal – paßt dir das Wort? Nun beruhige dich. Du siehst mich nicht, weil ich dich nicht erschrecken wollte, wenn du erwachst. Ich aber kann dich beobachten. Wenn du hochblickst, zu der Holzschnitzerei, die die Vorhänge hält, dann siehst du eine Kamera. Eine ausgezeichnete übrigens. Ihr Objektiv ist so stark, daß ich sogar deine Narbe entdeckte.«

Sie verstand nicht, was er meinte. Aber sie blickte hoch: Kamera? Und richtig – dort, wo sich ein brauner, geschnitzter Holzfries die Decke entlangzog, starrte das gläserne Rund eines Objektivs auf sie herab.

»Ich benötigte das Ding schon einmal. Für einen Patienten. Für dich habe ich's nicht eingebaut, mein Herz, nicht, daß du meinst... Willst du jetzt aufstehen? Komm doch zur Türe.«

Sie rührte sich nicht. Aus irgendeiner Kammer ihres Gedächtnisses stiegen Fakten empor, Anwendungsmöglichkeiten, wissenschaftliche Zusammenhänge: Chlorpromazin!... Die Verbindung 4560 war ein Pharmakon, mit dem Fred in endlosen Versuchsreihen herumgespielt hatte. Mischte man es mit Reserpin oder mit Meprobamat, konnte man einen Menschen nach Bedarf ruhigstellen, glücklich machen oder ihn in einen schlagartigen Tiefschlaf versetzen, eine Art künstliche Ohnmacht, wie sie auch durch die jähe Senkung des Blutzuckerspiegels erreicht werden kann. Dabei konnte ein solcher Zustand durchaus als angenehm empfunden werden.

Das also! »Der Mensch ist nichts anderes als ein System biochemischer und elektrophysikalischer Schaltfunktionen...« Einer von Freds Lieblingssätzen.

»Steh auf, mein Herz. Du kannst das. Auf dem Sessel neben deinem Bett liegt ein Morgenmantel. Zieh ihn an, komm zum Fenster.«

Sie gehorchte. Als sie nun auf das Fenster zuging, verfolgte ein Teil ihres Bewußtseins jede ihrer Handlungen, während der andere nur ein Ziel kannte: Sich nicht verletzen zu lassen...

»Zieh doch den Vorhang zur Seite.«

Das Licht der Sonne brach herein, schmerzte, so daß sie für eine Sekunde die Lider schloß. Dann öffnete sie die Augen, sah den Himmel und davor einen Talausschnitt mit braunen Häusern und Gemüse- und Olivengärten. Sie sah die Zypressen, Palmen und Brotfruchtbäume eines wunderschönen Parks. Und vor sich eine Terrasse. Es war eine sehr große Terrasse, die mit goldbraunlasierten Kacheln bedeckt und von einer Säulenbalustrade begrenzt war. Vor ihr, keine fünf Meter entfernt, auf der Mitte der Terrasse, saß ein Mann. Er saß in einem Rollstuhl. Die Beine waren von einer Decke verhüllt. Den mächtigen breitschultrigen Oberkörper bedeckte ein hellblaues leichtes Hemd. Groß, rechteckig schien auch das Gesicht. Es war tief gebräunt. Die Augen konnte sie nicht erkennen. Er trug eine Sonnenbrille.

Ihr Herz setzte aus – und für einen quälenden Bruchteil von Zeit hatte sie das Gefühl, es würde nie mehr zu schlagen beginnen.

»Nun«, sagte die Stimme aus dem Lautsprecher: »Da sind wir ja wieder, nicht wahr?«

Ihre Hand versuchte die Klinke der Terrassentür niederzudrücken. Das kühle Metall rührte sich keinen Millimeter. Die Türe war verschlossen...

Tim saß auf dem Himmelbett und kämpfte mit den Schnürsenkeln.

Die Bergstiefel, die er am Morgen für die Suchaktion angezogen hatte, waren zu schwer und zu heiß. Für das, was er jetzt vorhatte, brauchte er Turnschuhe. Rigo war mit seinen Leuten abgefahren, nachdem sie auch die Häuser und Hütten der Cala Pi erfolglos durchkämmt hatten.

Das Telefon summte. Vielleicht Rigo? Vielleicht war er mit seiner Kollektion an ätzenden Fragen noch nicht durch? – Tim hob ab.

»Hallo, hallo!... Na, ihr habt sicher wunderschönes Wetter?!... Bei uns regnet's noch immer... Was wäre ich jetzt gerne bei euch. Dann könnten wir gemeinsam feiern. Jedenfalls: Meine herzlichsten Glückwünsche!« Die Stimme der alten Dame. Und so lärmend und heiser, als würde sie aus dem Nebenzimmer telefonieren. Und so voll erwartungsvoller Energie!

Tim holte tief Luft: »Sie?«

»Na, sicher, Tim. Heute ist schließlich euer Hochzeitstag. Ein Küßchen, Tim – und tausend für Melissa!«

»Ja«, sagte er.

»Na, wie gefällt's euch in meinem alten Formentor? Herrlicher Kasten, nicht wahr?«

»Hören Sie...«

»Was ist denn? Habe ich euch geweckt?« Wieder das leise Lachen, leise, voll innigem Verstehen – und unerträglich! »Warum sagst du denn nichts, Tim? Was ist denn?«

Ja, was? Wie sollte er etwas erklären, das gar nicht zu erklären war?

»Tim?« Helene Brandeis' Stimme klang alarmiert: »Ist was passiert?«

»Kann man wohl sagen. Melissa ist verschwunden.«

»Wie bitte? Verschwunden?! Was heißt denn verschwunden?«

»Seit gestern.« Er hatte Mühe mit seiner Stimme: »Wir wollten rauf, zum Tee-Pavillon... Ihrem Tee-Pavillon, Helene. Und da kam sie nie an.«

»Aber wie denn?«

Er versuchte es ihr beizubringen. Er hatte es sich selbst gegenüber schon so oft versucht und wurde sich jedesmal der Ungeheuerlichkeit dessen bewußt, was er sagte.

Nun eine lange Pause. Dann ein leises: »Mein Gott...«

»Richtig. Aber der hilft auch nicht weiter.«

Seit langer Zeit siezte sie ihn zum ersten Mal: »Und Sie haben wirklich keine Erklärung, Doktor?«

»Fragt mich jeder. Und woher soll ich sie nehmen, die Erklärung? Daß sie einer umgebracht hat? Daß sie irgendwo in eine Schlucht stürzte? Sie kennen doch Formentor. Da gibt's überall Felsen, Steine, Abgründe, Steilküsten, Klippen... Das ideale Unfallgelände. Oder daß sie vergewaltigt wurde? Sind alles Erklärungen...«

»Ja, natürlich.« Wieder die gleiche, endlose Pause

und der leise, nun mühsame Atem der alten Frau. »Ein Unfall? Aber wie denn? Warum sollte Melissa weglaufen, wenn sie mit Ihnen feiern wollte? Und wo kann man schon verunglücken auf dem Weg vom Hotel zum Tee-Pavillon? Geht ja gar nicht. Ist ja völlig albern!«

»Richtig. Albern. Aber mir ist nicht albern zumute. Die Guardia Civil hat Verstärkung angefordert. Sie will das ganze Gelände bis zum Leuchtturm durchkämmen. Eine Fahndung ist auch schon ausgeschrieben. Aber was soll das alles schon bringen?«

»Hör mal, Tim, jetzt laß bloß nicht die Flügel hängen. Was hast du zuvor gesagt: Ihr neues Kleid wollte sie anziehen? Unglaublich hübsch übrigens, sie hat's mir noch gezeigt: Weiß mit grüner Spitze. Genau die Farbe ihrer Augen... Und in einem solchen Prachtstück soll sie durch die Gegend gerannt sein, um in irgendeine Schlucht zu stolpern? Papperlapapp! Unsinn ist das doch! Mumpitz!... Baloney, wie mein amerikanischer Onkel Jimmy immer sagte.«

»Baloney oder sonst was, was spielt das für eine Rolle?«

»Tim, hör doch! Tim, mein Lieber!« Helene Brandeis' Stimme fand zu ihrer alten Energie zurück. »Natürlich spielt es eine Rolle. Du darfst den Mut nicht sinken lassen. Du mußt daran glauben, daß alles gut geht. Und es wird gutgehen, verlaß dich drauf!«

»Sie haben gut reden.«

»Genau. Während du in dieser Teufelslage steckst... Aber meinst du, ich kann jetzt hier rumsitzen? Ich fühle mich für die ganze Geschichte verantwortlich. Wer hat euch denn nach Formentor geschickt? Ich doch! Ich werde jetzt dem Putzer sagen, er soll auf meine Katzenviecher aufpassen. Und dann trete ich in Aktion. Ich habe da nämlich so ein paar Leute, auf die ich mich verlassen kann. Und sobald ich irgend etwas rauskriege...«

»Von wo? Vom Tegernsee?«

»Laß mal, Doktor! Auch wenn's blöd klingt, aber ich kann dir das jetzt nicht erklären. Jedenfalls werde ich mir sofort ein Ticket bestellen, und wenn ich's schaffe, bin ich morgen in Formentor...«

Seltsam – die Aussicht, daß eine Zigarillo qualmende, verrücktgewordene Fünfundsiebzigjährige hier auftauchen wollte, konnte ihn nicht schrecken. Im Gegenteil...

»Aber das geht doch nicht.«

»Und ob das geht! Das geht schon deshalb, weil du mich jetzt brauchst, Tim. Und wenn du hundertmal sagst, was soll die alte Schachtel? Aber ich kenne nun mal Formentor. Und ich spreche Spanisch. Und ich werde die Typen dort schon auf Vordermann bringen. Ich werde dafür sorgen, daß alles so läuft, wie's laufen soll. Die Mallorquinier, Tim, ich weiß Bescheid: Liebe Leute, solange man sie nicht beim Schlafen stört... Und dann – kein Verlaß! Deshalb: Ich komme! Und du, Tim, laß dich bloß nicht in den Brunnen fallen. Halt die Ohren steif. Ich schick' dir ein Fax mit der Ankunftszeit ins Hotel.«

Ein Fax mit der Ankunftszeit?... Tim zündete sich eine Zigarette an, warf einen Blick auf die Mineralwasserflasche, die auf dem Tisch stand, und einen zweiten auf all die blaue Himmel- und Meerespracht dort draußen vor dem Fenster, ging zur Tür und nahm den Lift.

Am Empfang war ein weißer Karton von der Größe

eines Schreibmaschinenblattes angebracht. »Verehrte Hotelgäste«, stand darauf, »Frau Melissa Tannert aus Deutschland, einer unserer Gäste, wird seit gestern nachmittag vermißt. Wer Frau Tannert gestern ab neunzehn Uhr gesehen hat, im Hotel selbst oder im Hotelgelände, wird gebeten, umgehend an der Rezeption Mitteilung zu machen.«

Und darunter Melissas Fotografie: Melissa in ihrem Korbstuhl, ein Buch in der Hand. Eine Melissa, die mit verträumten grünen Augen freundlich den Betrachter anblickt...

Tim beschleunigte seinen Schritt. Menschen begegneten ihm: Männer, Frauen, zwei, drei Kinder. Und alle braungebrannt, entspannt, in bunten Freizeitkleidern, mit den gelassenen Bewegungen, die zeigten, wieviel Zeit sie doch hatten.

Die Gesichter drehten sich nach ihm. Neugierde stand darin – und Mitleid.

Er hatte Mühe, nicht loszurennen. Dann war er auf dem Parkplatz, startete den roten Seat und steuerte Richtung Westen durch den Park zu der Straße, die über den Drachenkamm der Berge in die Bucht von Pollensa führte...

Die Terrassentür war aus Glas, Spezialglas, so unzerstörbar wie eine Stahlwand. Selbst Kugeln konnten sie nicht durchschlagen. Die Klinke aber war nur von außen zu öffnen.

»Funktioniert ganz einfach, mein Herz. Ein Knopfdruck genügt. Ich kann sie elektronisch verriegeln. Manchmal sind solche Vorsichtsmaßnahmen nun mal notwendig, weil Situationen eintreten können, wo man Menschen vor sich selbst schützen muß. Natürlich rede ich nicht von dir. Ich sagte ja: Ich hatte hier vor einem Jahr Patienten. Da wurde diese Einrichtung gebraucht. Du aber, um Himmels willen, du sollst dich nicht als Gefangene, nein, als Prinzessin, als Königin sollst du dich bei mir fühlen.«

Königin?! – Was sonst? Auch das war typisch. Und vielleicht war noch bezeichnender, daß er sich gar nicht der Hohlheit seiner Phrasen bewußt wurde. Fischer hatte schon immer in einer Welt gelebt, in der alles, was mit seinem geheiligten Ego zusammenhing, zu Kingsize-Format aufgebläht wurde. Es war seit damals viel Zeit vergangen, ziemlich viel, genügend jedenfalls, um zu vergessen, wie geschwollen und hochtrabend er ständig daherschwafelte. Doch nun hatte Fred Fischer die Zeit angehalten. Schlimmer noch: Er versuchte sie zurückzudrehen, und verrückt, wie er nun einmal war, war er auch noch überzeugt, dies fertigzubringen. Verrückt ja ... Auf welche Art – aber das war nicht ihr Problem. Wichtig war nur zu erkennen: Der Mann ist irre! Er hat dich eingesperrt in einen Alptraumkäfig, den nur ein krankes Hirn ersinnen kann.

Von der verschlossenen Tür glitt Melissas Blick wieder hoch zu den Holzpaneelen, vorbei an dem Lautsprecher zu dem gläsernen, dunkel schimmernden Zyklopenauge der Fernsehkamera.

Das Ding starrte zurück.

Sie stand auf, drehte sich um, strich am Bett entlang, vorsichtig Schritt für Schritt seitwärts setzend.

Das Auge bewegte sich nicht. Abgeschaltet?

Sie drehte sich um und blickte zur anderen Wand.

Eine hübsche, alte, geschwungene Kommode stand dort, reich verziert mit Metallintarsien. Und daneben hing ein Spiegel. Vielleicht, daß er...? Es gab Spiegel, durch die man wie durch Glas sehen konnte? Ja, vielleicht, daß jemand dort dahinter saß und starrte. Ihr Nacken wurde heiß, selbst ihre Haut begann zu knistern bei diesem Gedanken. Mach dich bloß nicht verrückt! Bleib ruhig und benimm dich, als fändest du alles ganz normal. Und wichtiger noch: Denk jetzt ganz normal!

Die Klimaanlage im Zimmer fächelte angenehme Kühle über ihr Gesicht. Sie blickte auf die Uhr: Vierzehn Uhr zweiundzwanzig zeigten die Zeiger. »Mo-26« stand auf der Datumsanzeige.

Montag, der sechsundzwanzigste?... Und gestern, als du zum Pavillon wolltest, war es Sonntag kurz nach sieben. Neunzehn Stunden also... Und sechzehn davon hast du in einer Art Tiefschlaf verbracht.

Aber die neunzehn Stunden?! –

Neunzehn Stunden, die für Tim die Hölle bedeutet haben mußten, neunzehn Stunden, in denen er sich jede Sekunde gefragt hatte: Was ist geschehen? Was ist mit Melissa?! – Lieber Himmel, sie kannte ihn doch... Die kleinste Kleinigkeit, die sie anging, konnte ihn in helle Aufregung versetzen. Wie oft hatte sie ihn ausgelacht, weil er sich ständig um sie Sorgen machte, ja, ausgelacht und heimliche Genugtuung und etwas wie Stolz dabei empfunden.

Aber jetzt? Was tat er?

Er hatte im Pavillon gewartet. Er saß dort oben mit seinen beiden Flaschen Champagner, während irgendeiner von Fischers Handlangern sie überfiel und ihr eine Injektion verpaßte, um sie dann zum Wagen zu schleppen. Tim aber wartete, mußte die ganze Nacht gewartet haben. Er hatte sicher längst die Polizei alarmiert, hatte Himmel und Hölle in Bewegung gesetzt. Er würde, mußte durchdrehen. Was würde er sich denken, was hatte er getan, was tut er jetzt?

Doch auch diese Überlegungen führten sie nicht weiter.

Und das Schlimmste war: Sie hatte nicht die geringste Möglichkeit, Tim eine Nachricht zukommen zu lassen.

Nein, es blieb ihr nur eines: Eisern die Nerven zu bewahren, sich jeden Schritt in Ruhe zu überlegen, Fischers Reaktionen zu studieren und jedes Detail wahrzunehmen, das ihr eine Chance bot. Und sei es nur die geringste...

Wie immer Melissa ihre Lage auch beurteilte, eines stand für sie fest: Fischer würde sie nicht lange in diesem Laborkäfig mit seinen Überwachungskameras und Spiegeln gefangenhalten.

Beobachten würde er sie weiter, und ähnliche Anlagen konnten überall im Haus installiert sein. Im Haus, ja – doch das Anwesen mit seinen Terrassen, den Nebengebäuden, den Gärten, Obstplantagen war riesig. Und was bedeutete das? Es mußten mehr Leute hier wohnen.

Madalena kannte sie bereits. Vor einer halben Stunde war sie mit einem riesigen Tablett hereingerauscht – und schon knackte oben der Lautsprecher, und Fischers Stimme meldete sich zum Kommentar:

»Ein bißchen verspätet das Frühstück, mein Herz, aber laß es dir schmecken. Die Eier sind ganz frisch. Wir haben sogar Hühner auf Son Vent...«

Und die dicke, schweigsame Spanierin oder Mallorquinerin schien es für völlig normal zu halten, daß ihr Arbeitgeber mit seinem Gast per Mikrofon kommunizierte. Sie hatte das Tablett abgestellt, Teller und Besteck arrangiert und dabei Melissa nicht ein einziges Mal angesehen.

Gut, das war also Madalena. Dazu kam Madalenas Mann. Melissa hatte ihn vom Fenster aus beobachtet: Groß, breitschultrig, einen grauen Bart um das quadratische Gesicht. Etwa vierzig Jahre alt, sicher nicht älter. Die beiden spielten eine Art Verwalter- oder Haushälter-Ehepaar auf – wie hieß es noch – ja, ›Son Vent‹... Dort unten waren Orangenplantagen. Dann die Hunde in dem Zwinger, die sie ab und zu bellen hörte. Es gab Terrassen mit Tomaten, Bohnen- und Paprikastauden, Wein- und Mandel-Haine. Für zwei Menschen zuviel Arbeit... Es mußte noch weitere Arbeiter oder Gärtner hier geben. Vielleicht auch Bewachungspersonal? Was wußte sie schon?

Und noch einen hatte sie kennengelernt. Ein Deutscher. Einer von der Sorte, von der keine Hilfe zu erwarten ist...

Vorhin, als Fischer sie voll Stolz auf die Herrlichkeiten seiner Welt aufmerksam gemacht hatte, war er aus dem Haus aufgetaucht; schlank, geschmeidig, dazu tadellos gekleidet: helle Hosen, blaue Yachtschuhe, ein elegantes Hemd, die Haltung betont gelassen. Was ihr zuwider war, ja, sie erschreckte, war das völlig abgemagerte Gesicht mit dem lippenlosen, wie mit einem

Messer gezogenen Mund. An den knochigen Schädel war strähniges, dünnes Haar geklebt.

»Das ist Ulf, mein Herz. Ulf Matusch.«

Er hielt Post in der Hand, Briefe, die er Fischer auf der Terrasse hinstreckte, und der Blick der blaßgrauen Augen, der sie hinter dem Fenster dabei streifte, war so vollkommen leer und ausdruckslos, daß es sie fröstelte.

»Ulf ist eine Art Faktotum, mein Herz«, hatte ihr Fischer durch das Mikrofon zugeflüstert, als Matusch wieder gegangen war. »Äußerst tüchtig. Denn das kannst du mir glauben: Leute, auf die du dich verlassen kannst, brauchst du nirgends so wie hier.«

Die brauchte er vermutlich auch. Leute, die wortlos und ohne eine Frage einer ihnen wildfremden Frau in einem Park auflauern, mit einer Spritze betäuben, um sie zu ihm zu bringen.

»Ging nicht anders, wie die Dinge standen. Aber ich habe das Mittel so dosiert, daß du keine Nachwirkungen spürst. Oder spürst du irgendwelche, mein Herz?«

Sie ging hinüber zu dem kleinen Beistelltisch, auf dem Madalenas Frühstückstablett stand. Sie hatte gegessen, sie hatte sich dazu gezwungen, obwohl ihr Magen zunächst so rebellierte, daß sie fürchtete, sich übergeben zu müssen. Sie hatte kein Mitleid mit sich. Sie würde, mußte etwas zu sich nehmen. Sie brauchte Kraft: Kraft zum Denken und zum Handeln.

Sie nahm die Kanne und goß sich eine halbe Tasse voll. Nicht zuviel, halt den Kreislauf in Ordnung! Und bei jedem Schluck, bei jedem Bissen kannst du dich jetzt fragen, ob dieses Chemiker-Genie dir irgend etwas hineingebraut hat?

»Was ist der Mensch schon, mein Herz? Ein System,

das auf Knopfdruck reagiert, das Zusammenspiel von ein paar Drüsen und ein bißchen Elektrizität. Das wissen wir doch schon aus unserer Arbeit.«

Und was ist er? dachte sie. Ein aufgeblasenes, arrogantes, gewissenloses Schwein!

Doch ihre hilflose Wut fiel zusammen wie ein Haufen welker Blätter, unter dem sich Verzweiflung und Tränen verbargen. Schon früher, in den wenigen Augenblicken, als sie sich erlaubte, über Fred Fischer nachzudenken, hatte sie ihn gehaßt und gefürchtet – und ihm widerstanden.

Nun aber, nun befand sie sich in seiner Hand...

Die Zeit mit ihm ließ sich nicht einfach auslöschen, wie sie es gehofft hatte. Nun war er gekommen, das Rad zurückzudrehen...

Als Melissa ihren Anstellungsvertrag mit der ›Fischer-Pharmazie‹ unterschrieb, arbeitete sie noch an ihrer Diplomarbeit. Mein Gott, was war sie stolz gewesen. Nicht einmal eine Bewerbung hatte sie schreiben müssen. Fischer hatte sie aus dem Hörsaal weg engagiert.

›Handverlesen‹, wie er das nannte. Sie weigerte sich lange zu akzeptieren, was der Chef darunter verstand. Sie übersah seine Blicke, sein Lächeln, die Hand auf ihrer Schulter, wenn sie sich über ihre Protokolle beugte. Damals arbeiteten sie an der Analyse von Enzym-Systemen, deren Ineinandergreifen für die Übertragung von Nervenimpulsen sorgte. Die ›Neuro-Transmitter‹ waren Fischers Spezialgebiet, ihre Wirkungsweise und Einfluß im Nervensystem faszinierten ihn. »Wer das mal erfaßt hat, kann nicht nur den Verlauf einer Krankheit wie der Computer die Maschine, er kann den ganzen Menschen steuern...« Manchmal hatte sie Fischer im Verdacht, daß er selbst das Teufelszeug, das ihn so faszinierte, nahm.

Bald schon bekam Melissa ihr eigenes Labor mit der eigenen Tür und dem Namensschild daran. Und bald erhielt sie von Fischer Rosen, Bücher, Einladungen...

»Wenn du deinen Job liebst, dann halte dir den Chef vom Leib.« Nach dieser Devise einer Freundin handelte auch sie. Doch er ließ nicht locker: »Ich will keine junge Geliebte, mein Herz... Du mißverstehst mich völlig. Du mißverstehst auch deine eigene Situation. Das heißt, du kennst sie noch nicht. Was uns zueinanderzieht, hat den Rang eines Naturgesetzes. Es ist wie bei den Molekülen, mit denen wir arbeiten: Eine innere Kraft bewirkt, daß sich Ring an Ring legt. Elemente, die füreinander bestimmt sind, streben nun einmal zueinander. Platon wußte das schon, auch die Chinesen.«

Sein Platon, die Chinesen... Dieses aufgeblasene, pseudophilosophische Geschwafel machte sie manchmal ganz krank. Schlimmer war: Er gab nicht auf! Täglich wartete der Bote mit den zwölf Baccara-Rosen vor ihrer Wohnungstür, ewig begegnete sie diesem Eulenlächeln hinter den schweren Brillengläsern. Die Geschenke, die Bevorzugungen, die kleinen Karteizettel mit seinen philosophischen Aphorismen und Zitaten, die sie zwischen Protokollen, Spektrometer und Mikroskop fand... Ein halbes Jahr hielt Melissa durch. Dann wurde ihr klar, daß sie gehen mußte, wenn sie nicht mit Krach aus der ›Fischer-Pharmazie‹ gefeuert werden sollte.

An einem vierundzwanzigsten September, einem

wunderschönen, milden Herbsttag, schrieb sie ihre Kündigung und legte sie Fred Fischer auf den Schreibtisch.

Dies geschah kurz nach siebzehn Uhr. Sie würde keine der Minuten, die darauf folgten, je vergessen. Eine Viertelstunde später bereits stand er in ihrem Zimmer, untadelig wie stets im grauen Zweireiher mit den grauen Nadelstreifen, nachsichtig und überlegen wie immer sein Lächeln. Von dem, was sie geschrieben hatte, kein Wort.

»Melissa, wir müssen sofort nach Frankfurt. Unser Kunde will noch einige Details über unsere Versuchsreihe. Ich brauche dich also dabei, mein Herz.«

Nicht einmal auf das ›Herz‹ hatte er verzichtet.

Sie hatte nur den Kopf geschüttelt. Und dann sagte sie ihm auf den Kopf zu, daß dieser Frankfurt-Trip nichts als ein Vorwand sei.

Seine Antwort war typisch: Er nickte und verneinte zugleich. »In beiden Fällen geht es um eine Entscheidung, da hast du recht. Entscheidungen bin ich mein Leben lang nie ausgewichen. Ich nahm sie in die Hand. – Also?!«

Warum sie damals nicht ablehnte, sondern zu ihm in seinen blauen Jaguar stieg – Melissa hatte sich darüber später oft den Kopf zerbrochen. Sie fand keine Antwort. Sie protestierte auch nicht, als er statt des Autobahnzubringers die alte Straße nach Dossenheim nahm, die durch die romantischen kleinen Weindörfer über der Rheinebene führte. Er saß neben ihr: Ein massiver, dunkler Schatten, und das Licht der Armaturen spiegelte sich in seinem sonderbar glatten Gesicht und in den Gläsern seiner Brille. Wie immer hatte er sich nicht angeschnallt. Er steigerte das Tempo, schnitt die Kurven. Sie hatte ihm schon öfters seine rücksichtslose Fahrweise vorgehalten, doch so wild und bedenkenlos war er noch nie gefahren. Vielleicht hatte er wieder irgendwelches Amphetamin genommen, ohne seine ›Speeds‹ konnte er ja gar nicht mehr sein, vielleicht war es auch etwas anderes. Sie spürte, wie die Spannung zwischen ihnen wuchs und damit ihre Angst. Von den Terrassen der Weinberge wehten Nebelschleier über die gewundene Straße. Die Fahrbahn glänzte naß. Ihm machte das alles nichts aus. Er überholte andere Fahrzeuge, Lastwagen, der Jaguar schleuderte – und er lachte!

»Muß das sein?«

»Was muß schon sein?« Wieder dieses helle, kranke Kichern. »Weißt du's, mein Herz? Ich denke gerade auch darüber nach: Vielleicht muß es tatsächlich sein...«

Eine neue Gerade!

Die Straße führte durch ein Waldstück. Stämme flogen vorüber, rechts, links. Sie verkrampfte sich in ihrem Sitz. Die Nägel ihrer Finger schnitten ihr in die Handballen, sie merkte es nicht einmal.

»Du willst weg, mein Herz? Muß das sein? Kündigen willst du? Als ob man sich von mir mit einem Wisch Papier trennen könnte... Weißt du, was das ist? Nicht nur albern, sondern...«

Was es sonst noch war, Melissa hatte es nie erfahren.

Es kam nicht dazu.

Sie ahnte wohl, daß nun irgendwas geschehen würde, sah die weiße Markierung der Kurve förmlich auf sich zufliegen. Nasses Laub sei auf der Straße gelegen, hatte ihr später der Polizeibeamte gesagt, der sie im Unfall-Krankenhaus vernahm. Und solches Laub sei gefährlicher als Schmierseife...

Doch wie der Unfall ablief, daran gab es keine Erinnerung. Sie hörte noch einen Schrei – sie wußte nicht, kam er von ihr oder von ihm –, spürte einen Schlag, und dann gab es nur noch dieses schreckliche, mahlende Geräusch von zerfetzendem Metall.

Sie war eine Zeitlang bewußtlos, doch nicht lange. Da sie angegurtet gewesen war, war sie nicht aus dem Auto geschleudert worden. Das hatte ihr wohl das Leben gerettet. Der Sitz neben ihr war leer, die Windschutzscheibe geborsten.

Melissas Körper wies keine anderen Verletzungen auf als einen tiefen Schnitt oberhalb des rechten Knies. Trotzdem vermochte sie sich nicht zu bewegen. Reglos in ihrem Gurt hängend, war sie von dem Fahrer eines Militär-Lkws gefunden worden. Ärzte im Unfallkrankenhaus in Heppenheim diagnostizierten eine leichte Gehirnerschütterung, ein Schleudertrauma und einen schweren psychischen Schock. Am selben Abend noch wurde Fred Fischer in der Universitätsklinik in Heidelberg einer ersten Notoperation unterzogen. Sie rettete ihm das Leben, doch seine schwere Wirbelsäulenverletzung machte ihn zu einem Mann, dessen Körper nie mehr dem Kopf gehorchen würde.

Melissa hatte ihn nicht wiedergesehen.

Die Erinnerung an Fred Fischer aber wurde sie nicht los. Als sie aus dem Krankenhaus entlassen wurde, versuchte sie gegen ein dunkles, fast irrationales Gefühl von Schuld anzukämpfen. Wochenlang verfiel sie in tiefe Depressionen. Sie war vollkommen handlungsunfähig, bis sie die einzig vernünftige Entscheidung traf, und selbst die war ihr von einem befreundeten Psychologen vorgeschlagen worden: Sie löste ihre Wohnung auf und fuhr nach München, um dort eine Anstellung auf Probe im Max-Planck-Institut anzunehmen.

Die gespenstische Katastrophenfahrt mit Fischer aber lastete auf allem, was sie tat und dachte, bis sie dann ihn traf, diesen langen, schlaksigen Menschen mit den beiden dunklen, störrischen Haarwirbeln und dem gleichzeitig bohrenden und so treuherzig-freundlichen Blick unter den dichten Augenbrauen. Er tat es mit einer Selbstverständlichkeit, die sie fast betäubte und zugleich dankbar machte. Tim nahm sie einfach an der Hand und führte sie hinaus in eine andere, in seine Welt...

Nun waren die Schatten zurückgekommen.

Aberwitzig oder nicht, sie war Fred Fischers Gefangene – und damit Gefangene ihrer eigenen Vergangenheit. Nun war er wieder da, aufgetaucht aus dem Nichts...

Dies war die eine Tatsache, die sie akzeptieren mußte, die andere erfüllte sie nur mit Staunen: Sie hatte ihre Furcht vor Fischer verloren. Sie hatte sie abgelegt wie ein Kleid, aus dem sie herausgewachsen war. Sie wunderte sich auch über die Klarheit, mit der sie ihre Situation begriff: Gut, du bist in seiner Hand. Das glaubt auch er, davon ist er fest überzeugt. Aber eines ist sicher: Auch du hast Macht über ihn. Und du hattest diese Macht von Anfang an. Du wolltest sie dir nur nicht eingestehen. Du warst zu jung, zu unerfahren.

Jetzt hat sich alles geändert. Und darauf beruht sein

Spiel, denn darin sieht sein krankes Hirn den Reiz der Situation. Er spielt es nach seinen Regeln. Noch!... Aber die lassen sich ändern. Irgendwie, irgendwann, bei irgendeiner Gelegenheit, die er falsch einschätzt, kommst du zum Zug.

Und dann ist es mit dem ganzen Horror zu Ende...

Die Fahndungsmeldung war raus. Und wieder sah Tim Rigos dicke Finger vor sich. Die Finger der linken Hand. Mit der rechten hatte er einen nach dem anderen umgebogen. »Jetzt schalten sich alle ein, Doktor: Das Kommando der Guardia Civil. La Rural. Die Staatspolizei. Viertens die Gemeindepolizei, die sowieso. Dann der Zoll. Sechstens Verkehrspolizei. Siebentens Hafenpolizei. Alle sind benachrichtigt. Auch am Flughafen weiß man Bescheid.«

»Flughafen? Wieso, um Himmels willen? Was soll denn meine Frau...«

»Das weiß ich doch nicht, Doktor. Aber Mallorca ist nun mal eine Insel.«

Das war Mallorca – und ob! Bei jedem Blick, den die Kurven der Serpentinen freigab, war die Aussicht auf das Meer größer und schöner. Diesmal fuhr Tim nicht in den Ort, sondern zum Puerto von Pollensa. Er fuhr schnell und sehr konzentriert. »*No se preocupe*, Doktor«, hatte Rigo gesagt. »Machen Sie sich bloß keine Sorgen.« Der hatte gut reden! In Tim war nicht ein Funken Vertrauen in den Apparat, den ihm der Guardia-Civil-Feldwebel so stolz geschildert hatte.

Er vertraute nur noch sich selbst.

»Mediziner zu sein bedeutet in erster Linie, das eigene analytische Denkvermögen einzubringen. Bei jeder Diagnose kommt es darauf an, erst mal das Ende des Fadens zu finden...«

Auch einer dieser weisen Sprüche seines Professors und Doktorvaters in Göttingen. Gut, Professor Sawitzky! Aber wenn das Knäuel aus lauter losen Fadenenden besteht? Was dann?

Sich irgendeines schnappen, sagte sich Tim, als der Seat endlich auf der langen Geraden zum Puerto war. Es muß ja nicht das beste sein. Aber sich weiterhangeln, das nächste Fadenende suchen! Was bleibt dir sonst? Selbst eine sinnlose Aktion ist noch besser als dumpfes Herumsitzen.

Er fuhr den Wagen bis zum Hafen und starrte über die flimmernde Bucht. Es war jetzt sechzehn Uhr und sehr heiß. Mädchen in Bikinis, Männer in Shorts, Sandalen an den nackten Füßen. Frauen in Sommerkleidern am Eisstand, ganze Scharen von Kindern, deutsche Kinder, englische, französische. Und draußen in der Bucht wie bunte Schmetterlingsflügel die Segel der Surfer.

Irgend etwas tun! Nur was?...

Durch die Hafeneinfahrt tuckerte ein breitbäuchiger Fischerkahn. Tim stieg aus und rauchte eine Zigarette. Sie stammte aus der zweiten Schachtel dieses Tages. Die Bugwelle des grünweiß gestrichenen Bootes dort ließ die Yachten an der Mole schaukeln. Sanft klatschten kleine Wellen gegen die alten Mauern – er aber konnte sich nicht wehren gegen dieses eine Bild, das ihn verfolgte. Es hatte sich in ihm festgesetzt, obwohl er es immer wieder zu verdrängen suchte: Ein regloser Körper. Der Körper einer Frau. Irgendwo auf den Wellen schaukelnd, die ihn langsam der Küste entgegentrieben. Ein weißer Körper und langes Haar, das sich wie dunkler Seetang im Wasser bewegte...

Er ging schneller, ging hinüber zu dem Teil des Hafens, wo das große Boot gerade hereingefahren war und an dessen Mauer die Fischerboote vertäut lagen. Die Küste absuchen? Wahnsinn! Hast du hier schon was anderes erlebt?

Es waren alles die gleichen mallorquinischen Boote: Ein gerader Steven, ausladende Spanten. Sie sahen seetüchtig und solide aus. Er entdeckte einen jungen Mann mit dunklem Haar, der gerade dabei war, den Motor mit Dieselöl aufzufüllen.

»Verzeihung, sprechen Sie Englisch?«

Der Junge hatte dunkle Stoppeln an den Wangen und schneeweiße, lächelnde Zähne in einem sympathischen Piratengesicht.

»Wenn's sein soll, auch Deutsch. Oder Mallorquin.« Er lachte. »Was kannst du machen? Wir sprechen hier alles.«

»Könnten Sie mich ein bißchen durch die Gegend fahren?«

»Gegend? Was verstehen Sie unter Gegend?«

»Die Küste. Hinauf bis nach Formentor.«

»Ne bessere Gegend also? Na gut... Kommen Sie mal. Ich fahre, wenn Sie bezahlen.«

»Darüber machen Sie sich mal keine Sorgen.«

»Bestimmt nicht«, sagte der junge Mann kurz, schraubte den Tankdeckel zu und ließ den Motor an. Sein Name war Tomeu und sein Stolz das Schiff, das er einem Onkel abgekauft hatte. Tomeu besaß noch ein anderes Boot, eine ›Lancha‹ mit einem starken Außenborder. Und das ganze Ding aus Gummi. Solche Schlauchboote, meine Tomeu, hätten den Vorteil, daß man sie bei Bedarf in irgendeiner Höhle verschwinden lassen konnte, ohne daß die Guardia Civil oder die Dogana, der Zoll, etwas davon merkten. Er war also Schmuggler. »Und das«, verkündete er stolz, »sind wir seit vier Generationen.«

Tim ließ ihn reden, rauchte seine Zigarette und starrte über das Meer. »Was suchen Sie eigentlich?«

Er nahm seine Sonnenbrille ab und bat Tomeu, noch dichter an die Küste zu fahren.

»Geht nicht. Zu flach. Da hätte ich das Schlauchboot nehmen müssen. Hier gibt's Unterwasserfelsen. Also, was suchen Sie?«

»Meine Frau«, sagte Tim.

Der Junge starrte. »Ihre was?«

»Meine Frau. Die ist verschwunden. Seit gestern.«

»Was? Ihre Frau...« Es war immer der gleiche verständnislose Ausdruck, der überraschte, halb verlegene, halb mitleidige Blick.

»Wieso an der Küste?«

»Wieso, wieso? Können Sie sich das nicht vorstellen? Was soll ich denn sonst tun? Den Daumen drehen? Rumsitzen?«

»Sie meinen, sie ist...«

»Ich meine vieles und meine gar nichts. Aber vielleicht hat sie jemand umgebracht... Vielleicht treibt sie im Wasser? Vielleicht wird sie irgendwo angeschwemmt... Ich habe das Meer beobachtet, die Wellen kommen aus dieser Richtung, von Nordosten. Oder gibt es hier eine Strömung?«

»Schon. Sie ist nicht allzu stark. Aber wollen Sie jetzt

die ganze Küste...« Wieder dasselbe fassungslose Gesicht.

»Solange es geht«, erwiderte Tim, »solange da noch Diesel drin ist, solange wir Licht haben, solange wir können.«

Und das taten sie. Es war kurz nach acht, als Tim das Zeichen zum Wenden gab. Im Tank war kaum noch Treibstoff, und sie waren halbtot vor Hunger...

Dienstag, 12 Uhr 20

Die Automatik hatte die Türen der Zollabfertigung geöffnet – und da war sie nun, hinter sich den aufgeregten, fröhlich durcheinanderredenden Pulk der Passagiere des Lufthansa-Flugs München–Palma de Mallorca.

Sie war ein absolut atemberaubender Anblick. Dieses Wagenrad von Gondoliere-Hut, darunter eine Sonnenbrille, dann ein wehender Seidenmantel in wilden, bunten Herbstfarben. Sogar hohe Absätze trug sie.

Tim schluckte: Mein Gott, und ihre Hüftarthrose?! Doch selbst die schien sie nicht im geringsten zu stören. Mit majestätischem Schritt und schwingenden Ohrringen, eine Art Mischung aus Königin von Saba und Bette Davis, rauschte sie mit ihrem Gepäckwagen an ihm vorüber.

Tims Arm stieß nach oben: »Hallo!« brüllte er durch das Gewimmel in der Flughafenhalle. Verdammt, da hatte er ein wildes Rennen quer über die Insel hingelegt, um noch rechtzeitig die Maschine zu erreichen – und nun das!

Helene Brandeis war stehengeblieben und winkte zurück. Er kämpfte sich näher. Sie nahm die Sonnenbrille ab, und dann gab es nur noch Puderduft und Mantelgewebe und zwei Arme, die sich um seine Schultern schlossen: »Ach, Tim! Siehst du, ich hab's geschafft. Aber wie, frag mich besser nicht. Wenn du wüßtest, was ich alles hinter mir habe. Na ja, du auch... Siehst ziemlich zerfleddert aus, mein armer Tim... Gib mir 'nen Kuß! Hab' ich verdient. Und das andere? Das wird sich schon regeln. Die holen wir uns, die Melissa!«

»Und wo?«

Sie setzte sich wieder das riesige, mit Straß besetzte Fünfziger-Jahre-Monstrum von Brille auf die Nase. »Jetzt brauche ich erst mal einen Kaffee.«

Ehe er zugreifen konnte, schob sie den Gepäckwagen an. In dem riesigen, verschachtelten Kasten aus Glas und Stahl schien sie sich auszukennen wie in ihrer Handtasche. Keine zwanzig Meter weiter gab es eine Nische, in der Kaffee ausgeschenkt wurde. Die Stühle waren alle besetzt.

»Geht nicht, Tim!« Helene Brandeis bewegte witternd den Kopf: »Ich wollte dir was zeigen. Aber hier kann ja jeder mithören...«

»Mithören? Wer soll denn mithören? Und was?«

»Gleich, Tim. Komm, fahren wir!«

Sie nahmen die Autobahn nach Inca, auf der um diese Zeit ein Höllenverkehr herrschte, und fuhren gerade eine von Mandelbäumen bestandene Anhöhe hinauf, als Helene Brandeis ihn am Arm packte: »Dort drüben rechts! – Ist doch hübsch?«

Das war es: Ein breit hingelagertes Haus, ein ehemaliger Bauernhof, der auf schweren Steinterrassen ruhte. Bougainvillea und Hängegeranien blühten am Eingang; Palmen warfen ihre Schatten über den Kies und über ein halbes Dutzend weißer Tische.

»Mach mal den Koffer auf, Tim!« Helene Brandeis zog eine braune Mappe aus ihrem Gepäck. Es war eine äußerst vornehme lederne Mappe, deren Kante mit Gold beschlagen war. Sie legte sie auf die Mitte eines der weißen Tischchen und bestellte bei einem jungen Mädchen Kaffee. Tim verlangte Bier. Es schmeckte bitter.

»Was soll das? Was ist da drin?«

»Sagen wir mal, ein bißchen Vergangenheit. Ein paar Happen.«

»Wie bitte?«

»Als wir miteinander telefonierten, das war ja erst vor vierundzwanzig Stunden, war ich wie erschlagen. Und dann habe ich rotiert – und wie! Das heißt, erst mal habe ich meine Möglichkeiten überdacht. Ich sah zwei Richtungen, in denen diese schreckliche Geschichte verlaufen sein konnte.«

Sie zündete sich einen Zigarillo an, den ersten seit ihrer Landung auf der Insel, sog daran mit entrückter Inbrunst und entließ eine gewaltige Rauchwolke: »Zwei Richtungen. Eine führte nirgendwo hin. Katastrophen sind nun mal Sackgassen. Katastrophen können immer passieren. Wenn du aus dem Haus trittst und dir fällt ein Ziegelstein auf den Kopf, was soll dann noch sein? Entschuldige, klingt brutal, aber ist so... Ja, und dann die andere, die bot schon eine Perspektive. Natürlich beruhte sie auf einer Annahme, und selbst das ist zuviel gesagt. Instinkt wäre das richtige Wort. Gefühlssache. Ich hab' manchmal solche Ahnungen. Als junge Frau lebte ich nur nach außen, doch jetzt, jetzt bleibt mir ja nicht viel anderes übrig, als meine Aufmerksamkeit nach innen zu richten.«

Er wurde ungeduldig. Er nickte. »Glaub' ich Ihnen. Und?«

»Tim, du mußt doch selbst schon daran gedacht oder dich zumindest gefragt haben, ob nicht irgend jemand, der Melissa kennt, sagen wir von früher kennt, sie hier getroffen haben könnte? Das drängt sich doch auf.«

»Drängt sich auf? Mit diesem Quatsch rückt mir jeder hier auf die Pelle. Und jetzt kommen Sie auch noch!« In seiner Erregung verfiel er wieder in das alte, distanzierte Sie.

Sie lächelte. »Erstens brauchst du nicht zu schreien, Tim, und zweitens kannst du mich ruhig weiter duzen. Tu' ich ja auch. So eine Mama-Figur bin ich wirklich nicht, als daß du auf dem Sie bestehen müßtest, nur weil du ein Vollakademiker bist. Gut, schlag zurück, aber dreh nicht durch, Tim. Das sind zwei ganz verschiedene Stiefel.«

»Ich dreh' überhaupt nicht durch.«

»Nein.« Helene Brandeis grinste. »Ich weiß, du bist die Ruhe selbst. Aber jetzt zur Sache! Und wundere dich bloß nicht, wenn die Frage nach Melissas Vergangenheit auch bei mir auftauchte. Jeder hat ein Recht auf seine Vergangenheit, er kann darüber reden oder sie verschweigen – wer hat das denn gesagt? Du doch, Tim! Und warum? Weil du ihr bei dieser ganzen Unfallgeschichte, bei der sie so Schwierigkeiten hatte, darüber zu sprechen, nicht zu nahe rücken wolltest. Auch ein Ausdruck von dir... Sie selbst hat es mir sogar einmal erklärt, damals, als sie jeden Tag zum Tee kam, um dem verrückten Biest von ›Farah‹ eine Spritze zu geben: Tim ist so rücksichtsvoll, er vermeidet das Thema, wie er nur kann. Dabei wäre ich manchmal selbst dankbar, mit ihm darüber zu reden. Gut, ich hatte diesen Unfall, und die Folgen waren ein traumatischer Schock. So nannten es zumindest die Psychologen damals. Und er, er hält sich daran. Er behandelt mich wie ein rohes Ei. Das ist Originalton Melissa.«

»Und? War das verkehrt? Jetzt hören Sie schon auf damit.«

»Du heißt das«, korrigierte Helene Brandeis mit unerbittlicher Nachsicht. »Na gut, dann trink erst mal einen Cognac auf dein Bier. Jetzt kommt noch etwas. Hier!« Sie legte ihren scheußlichen Zigarillo endlich weg und griff in ihre Tasche. Was sie herauszog, waren drei Seiten schreibmaschinenbeschriebenen Thermopapiers: »Da, hab' ich dir mitgebracht. Paschke hat mir das noch in aller Frühe heute morgen durchgefaxt.«

»Gefaxt?«

»Aber sicher. Natürlich habe ich ein Faxgerät auf dem Hügel. So was braucht der Mensch heutzutage. Vor allem, wenn er im Aufsichtsrat einer Kugellagerfabrik sitzt wie ich.«

»Und wer ist Paschke?«

Sie sah ihn an aus diesen großen, kornblumenblauen, wissenden Augen.

»Ein Freund. Paschke-Wiesbaden ... Ich hab' noch einen Paschke; Paschke II. Der war mal Pferde-Trainer in Baden-Baden. So ein kleines, mageres Kerlchen. Paschke-Wiesbaden wiederum ist rund, dick und gemütlich. Ein Kriminaler. Ex-Kriminaldirektor vom

BKA. Und so ein Pensionär hat seine Beziehungen. Da reicht ein Knopfdruck oder Anruf.«

»Aber um Himmels willen, was hat denn Melissa mit dem...«

»Nichts hat sie. Warum sollte sich auch das Bundeskriminalamt für sie interessieren? Aber er hat!«

»Er?«

»Fred Fischer. Ihr ehemaliger Arbeitgeber. Der, der den Unfall damals gebaut hatte. Sieh mal, hier: Das eine Blatt, das ist sie, Melissa. Die beiden anderen Blätter sind Material über Fischer. Paschke nennt so was einen ›Lebenskalender‹. Den brauche jeder Kriminalist, wenn er sich mit einem Fall beschäftige. Die Daten der letzten Jahre, die Strecke, die einer durchfährt bis zu dem Zeitpunkt, an dem es kracht. Aber zunächst mal Melissa...«

Zum ersten Mal, seit sie ihn kannte, griff Tim selbst nach Helene Brandeis' Zigarillos. Er nahm eine heraus, zündete sie jedoch nicht an, sondern lehnte sich zurück und blickte hoch zu diesem unwirklichen, blaugläsernen Insel-Himmel. Kondensstreifen durchschnitten ihn. Unermüdlich trugen die Flugzeuge Menschen heran. Die meisten waren erfüllt von irgendeiner Erwartung, von Glück, Sehnsucht. Und ihre Probleme reisten mit. Und die Geheimnisse...

»Hier haben wir's«, vernahm er die sachliche, leise Stimme der alten Frau: »Klinger, Melissa. Geboren am 14. 3. 59 in Neuburg an der Donau. Stammt aus gutbürgerlichem... etc., etc.... Aber jetzt wird's interessant: Melissa Klinger absolvierte ihr Biologiestudium in Heidelberg mit so viel Erfolg, daß ihr noch vor dem Diplom von dem Fischer-Pharma-Labor in Heidelberg eine mit dreitausendfünfhundert DM dotierte Stelle angeboten wurde. Bereits nach dreimonatiger Tätigkeit erhöhte der Inhaber des Betriebs, Fred Fischer, diese Summe um weitere tausend Mark monatlich, was in dem kleinen Betrieb einiges Aufsehen erregte, zumal diese Großzügigkeit einem nicht nur fachlichen Interesse zugeschrieben wurde. Als aufgrund der Vorkommnisse in der Fischer-Pharmazie Mitte der achtziger Jahre mit zunächst verdeckten polizeilichen Ermittlungen begonnen wurde, konnte festgestellt werden, daß das Interesse Fischers von seiten seiner jungen Mitarbeiterin unerwidert blieb. Im übrigen konnten Zusammenhänge zwischen der beruflichen Aktivität Melissa Klingers und dem Untersuchungsgegenstand nicht aufgedeckt werden...«

Nicht aufgedeckt... Untersuchungsgegenstand... Verdeckte Ermittlungen...

Dies alles klang so fantastisch, daß Tim der Atem wegblieb. Und Fred Fischer? Ja, Melissa hatte den Namen erwähnt. Er war nicht irgendwo aus den Nebeln der Vergangenheit aufgestiegen, doch er kannte diesen Fischer nur so, wie sie ihn beschrieben hatte: Nicht einmal einen Vornamen hatte sie für ihn gehabt. Und daß Fischer sie direkt von der Universität weggeholt hatte, auch davon war nie ein Wort gesprochen worden. Fischer – das blieb der Mann, der den Wagen fuhr, als der Unfall passierte. Auch der Mann, mit dem sie zuvor so schrecklich gestritten hatte. Warum? »Frag mich doch nicht, bitte, Tim!« Hätte er bloß... »Es war einfach so, daß ich mich anschließend für die ganze Katastrophe mitverantwortlich fühlte. Er war nervös, Tim, außer sich... Wirklich. Und dann passierte es...«

Es? Querschnittslähmung. Fraktur dreier Lendenwirbel. Auch das wußte er. Nie aber hatte sie von irgendwelchen ›Ermittlungen‹, über irgendwelche ›Vorkommnisse‹ ein Wort verlauten lassen.

»Was für Ermittlungen waren das?« fragte er und schluckte angewidert den Rest seines Biers.

»Nun, da haben wir das Papier ›Fischer‹. Bei Melissa steht sowieso nichts mehr drin, was wir nicht wüßten. Ein bißchen allerdings gibt sie ihre Geheimnisse nun doch preis.«

Er fand diese Bemerkung überflüssig, wenn nicht geschmacklos. »Was für Ermittlungen?«

Sie tupfte den Mund sorgsam mit einem Papiertaschentuch ab und beugte dann wieder den Hut über das Papier: »Du hast recht, machen wir's kurz. Reden wir von Fischer. Daraus ergibt sich der Rest. Anscheinend ist Fischer schon während des Studiums aufgefallen, weil er damit anfing, in irgendeiner Waschküche Psycho-Energizer... was ist denn das?«

»Vieles. Der Kaffee, den du trinkst. Das Nikotin in deinen Zigarillos. Wahrscheinlich sind hier synthetische Verbindungen auf Phenylalcylamin-Basis gemeint. Amphetamine, Benzedrine und so Zeug, Aufputschmittel halt... Sie werden auch in der Medizin verwendet.«

»Ich wußte doch, du bist ein kluger Kopf!« Das rote Oval ihres Fingernagels wanderte über enggeschriebene Schreibmaschinenzeilen: »Jedenfalls fiel er schon damals wegen des großkotzigen Lebensstils auf, den er sich zulegte. Aber Anklage wurde nicht erhoben. Seine Behauptung, er habe sich die Pillen für den persönlichen Bedarf, nämlich zur Bekämpfung und Überwindung seiner Examensangst angefertigt, konnte nicht widerlegt werden. An diese Methode, mit Examensängsten fertig zu werden, erinnerte man sich aber dann später. Jahre später. Nämlich als Fischer in Handschuhsheim bei Heidelberg einen supermodernen kleinen Pharmazie-Betrieb aufzog. Aufträge hatte er. In irgendwelchen neuen Forschungsbereichen arbeitete er mit der Großindustrie zusammen. Doch das war wohl Tarnung, denn neben dieser offiziellen Produktionslinie hatte er es wieder mal mit seinem Lieblingsthema: den Aufputschmitteln, diesem Psycho-Energizer-Mist. Die machen doch süchtig, nicht?«

»Meist.«

»Na, jedenfalls, man kam ihm wieder dahinter. Es gab eine Anzeige von einem seiner Mitarbeiter. Aber sie konnten ihn nicht festnageln. Die Unterlagen waren verschwunden. Es fehlten gerichtsverwertbare Beweise.«

Tim hatte ein krankes Gefühl im Magen: Gerichtsverwertbare Beweise? Und ein pensionierter Kriminalist, der ihr Unterlagen aus dem Bundeskriminalamt per Fax nach Oberbayern schickt... Dazu ihre Ausdrucksweise: »Du redest daher wie ein Detektiv. Ist das denn dein Hobby?«

»Hobby? – Das war Schmalkinn, Tim. Der hieß tatsächlich so: Hubert Schmalkinn. Er spielte für uns vor zwanzig Jahren den Prokuristen. Und ist mit zweieinhalb Millionen aus der Firmenkasse abgehauen. Um die ganze Welt bin ich ihm nachgereist, aber ich habe ihn erwischt! Doch bleiben wir bei Fischer...« Sie stieß jetzt Rauchwolken aus wie die Lokomotive in einem Westernfilm. »Fischer mit seinen Energizern, mit Drogen, die die Leute fertigmachen. Aber natürlich Drogen von der feinen Sorte, denn er ist ja auch ein feiner Mensch. Designer-Drogen wird so etwas genannt.«

»Das weißt du auch?«

Sie blinzelte zweimal und sagte: »Sicher ist jedenfalls, er hat an diesen Designer-Drogen auch in der Zeit gearbeitet, als Melissa in den Betrieb einstieg.«

Tim fuhr hoch.

Sie legte ihm die Hand auf den Arm: »Natürlich hat sie nichts davon gewußt. Sie arbeitete in einem ganz anderen Bereich. Aber dann – Moment mal... Ja, hier haben wir es: Dann, am 16. November, passierte der Unfall, bei dem er gelähmt wurde. Er lag ein Jahr in der Klinik, wurde ein halbes dutzendmal operiert – mit seiner Karriere, dem Werk und den Drogen war's vorbei. Dachte man... Gut, das Werk hat er verkauft. Dann verschwand er auch, nur komisch blieb: Dieses Teufelszeug, mit dem er sich in den einschlägigen Kreisen einen großen Namen gemacht hatte, das blieb auf dem Markt, und nicht nur in der Bundesrepublik, in ganz Europa und in den USA, und zwar in solchen Mengen, daß sich die amerikanische Drogenfahndung einschaltete. Und die hatten Erfolg. Die haben ihn gefunden. – Was ist denn?«

Was war? Er hatte sein Bierglas umgestoßen. Es rollte über den Tisch und fiel zu Boden. Er hob es auf und stellte es wieder vor sich hin. Unterhalb der Terrasse, auf der sie saßen, steuerte ein Bauer seinen Traktor über die rote Erde des Mandelhains. Weiter links, lebkuchenbraun und friedlich, lag ein Haus. Die Ebene versank im Hitzedunst. Und Tim konnte nicht denken. Er versuchte es: ein querschnittsgelähmter Drogenfabrikant und Melissa? Und nun diese alte Frau, die ihm eine Vergangenheit aufdeckte, nach der er nie gefragt hatte... Fantastisch! Fantastisch und gespenstisch zugleich...

»Nun darfst du raten, wo Fischer steckt.«

Er wollte nicht raten. Er war viel zu benommen dazu.

»Auf Mallorca.«

Helene Brandeis warf ihren glatten, schwarzen Glimmstengel in den Aschenbecher. Ihre Augen schienen ihm größer und blauer denn je. Etwas glitzerte darin, das er nicht kannte. Jagdinstinkt, Vitalität? Was wußte er schon?

»Und er wohnt hier unter einem anderen Namen. Er nennt sich Alfred Fraser. Und weißt du wo? Gar nicht weit vom Formentor. An der Ostseite der Bucht, in der Nähe der Cala Radjada. Von dort kommt man in einer halben Stunde oder vierzig Minuten nach Formentor. Und jetzt, Tim...« Helene Brandeis lehnte sich zurück und verschränkte die Arme über ihrer Brust: »Jetzt versuch dich mal anzustrengen. Denk nach. Kombinier mal, los schon! Was meinst du, was könnte geschehen sein? Wie haben sie sich getroffen?«

15 Uhr 10

»Woher hast du das eigentlich gewußt?« Melissa sagte es schnell und laut.

»Was denn?«

»Daß Tim und ich im Formentor sind? Wir waren ja gerade erst angekommen.«

»Gewußt?« Nun lachte Fischer, zeigte zwei Reihen

verblüffend gesunder weißer Zähne: »Nichts habe ich gewußt. Das ist es ja.«

»Wieso...«, sagte sie tonlos.

»Wieso? Warum?... Der alte Wahn, die Dinge immer erklären zu wollen. Ein Wahn namens Logik – oder Vernunft? Ein Wahn halt. Deshalb funktioniert es manchmal nicht.«

Und wieder sein Lachen.

Sie sah ihn an. Ja, sie wollte etwas sagen. Ihr fiel nichts ein. Sie starrte nur.

»Ich will dir etwas verraten, Melissa: Du weißt, so schnell lasse ich mich nicht beeindrucken. Ich hab's nun leider auch mit der Vernunft. Als ich dich sah, dort im Park vom Formentor, glaubte ich zuerst zu träumen. Und es war ein Traum, den ich kannte. Mein Lieblingstraum. Ich habe ihn so oft geträumt. Noch Kaffee?«

Sie schüttelte nur den Kopf. Sie griff wieder nach einer Zigarette, aber sie hielt sie nur in der Hand, drehte sie zwischen den Fingern, um seinem Blick nicht zu begegnen. Sie zündete sie nicht an. Sie fürchtete, daß ihre Hand dabei zittern könnte. »Ich fragte mich das gleiche«, hörte sie ihn jetzt sagen.

»Was?«

»Ja nun: Woher hat sie erfahren, daß ich auf Mallorca wohne? Wer hat es ihr gesagt? Wieso denn ausgerechnet das Formentor-Hotel? Sie muß also wissen, daß ich ganz in der Nähe bin. Schließlich, ich wohn' hier ja nicht unter meinem Namen. Aus den verschiedensten Gründen ist das nicht drin. Aber wie, Herrgott, hab' ich mir gesagt, wie um Himmels willen hat sie das bloß rausgekriegt?«

Sie schwieg eine Weile. Dann sagte sie: »Und da hast du mich durch deine Leute kidnappen lassen.«

Er schien gar nicht zuzuhören. Bedrohlicher aber als dieses Schweigen waren seine Augen: Ihre Farbe, ein bernsteinhelles Gelb, wurde von den stark geschliffenen Gläsern der Brille ins Riesenhafte vergrößert. Darin funkelte der schwarze Kreis der Pupillen. Er blickte an ihr vorüber, über das Tal, hinüber zum Meer, auf dem ein weißes Schiff seine Bahn zog.

Sie konnte ihn nicht ansehen. Das ewige Lächeln in dem gespannten, glatten Gesicht. Dieser schreckliche Stuhl. Die Hände, die er gefaltet hatte und die sich manchmal leicht zusammenzogen, wenn ihn etwas zu erregen schien. Katze und Maus! Vielleicht auch der Teufel... Und zu allem das Panorama hinter ihm: Wiesengründe, Hänge, über die sanft der Wind strich. Palmen umstanden das große Haus. Blumen wuchsen, wohin man blickte. Das blaue Dreieck eines riesigen Swimmingpools schimmerte durch die Blätter. Und über ihren Köpfen ragte ein großer, stumpfer, weißer Turm empor.

Sie blickte an den Mauern hoch. Das Gut ›Son Vent‹, hatte Fischer ihr erzählt, sei einst der Mittelpunkt der ganzen Gegend gewesen; dem Besitzer habe unermeßlich viel Land gehört. Die Bauern hätten ihr Getreide und ihre Oliven zur Mühle gebracht. *Son Vent* – der Wind. »Ich habe zusammengekauft, was ich zusammenkaufen konnte. Ich wollte keine Nachbarn. Ich habe auch keinen Kontakt mit den Leuten hier. Selbst die Handwerker habe ich mir aus Deutschland einfliegen lassen. Ich habe mir eine Insel auf der Insel geschaffen...«

»Ist irgend etwas, Melissa?«

»Was soll denn sein?«

Vor ihr stand, rötlich überhaucht von dem breiten Rund des Sonnenschirms, der Brunch: Weißbrot, Croissants, körnige Vollkornbrotschnitten, die Butter in einer Dose aus Silber und Glas, daneben ein Käseeck – »Käse aus Mahon, mein Herz, der beste Käse auf den ganzen Balearen« –, rotleuchtende Tomaten, das frische Rosa und Weiß der Radieschen und Schinken natürlich sowie verschiedene Wurstsorten – »die hier, Chorizo, solltest du unbedingt probieren, eine Paprikawurst, sie nehmen die Pimientos zur Konservierung. Schmeckt herrlich. Hast du keinen Appetit?«

Oh, sie hatte! Und ihre Vernunft sagte bereitwillig, daß sie gar nichts zu befürchten brauchte. Nicht jetzt. Gewiß, es wäre für ihn eine Kleinigkeit gewesen, sein geliebtes Encephalin, das FK-33 oder irgendeines seiner Derivate, mit denen er herumspielte, in der Sahne aufzulösen, übers Brot zu streuen, über Wurst oder Obstsalat, und es würde seine Wirksamkeit nach ein paar Bissen entfalten. Doch er wollte sie froh stimmen, wollte weiß der Teufel was genießen, und sei es nur seinen Triumph. Auf jeden Fall gab er es vor. Aber wie genoß man mit einer Frau, die auf dem Trip war, selbst auf jenem, der ihre sinnliche Wahrnehmung zu steigern vermochte? Mit ihr ließe sich kaum unbefangen frühstücken. Das andere würde noch kommen. Sicher. Doch nicht jetzt, noch nicht...

»Der ›Rosado‹ zum Beispiel, ein Traumwein, sag' ich dir! Wenn du ihn zu den Oliven dort nimmst – Madalena hat sie selbst eingelegt –, erlebst du eine Geschmackskombination, die wundervoll ist.«

Seine feuchten roten Lippen bewegten sich. Und sie lächelte. Sie aß sogar eine Olive, spielte sein Spiel. Aber einfach war es nicht, gegen die Furcht zu handeln, zu lächeln, zu reden; diese Furcht, die wie ein Raum war, der sie gefangenhielt, ein dunkler, stickiger Raum, der ihr jeden klaren Gedanken aussperrte und nur von ihren Alpträumen bevölkert wurde.

Sie ließ den ›Rosado‹ stehen, griff nach dem Kaffee.

Sie spürte die Wirkung auf den Kreislauf: Ein leises, singendes Klopfen in ihrem Ohr. Nichts Besonderes. Nichts als ganz gewöhnliches Koffein. Und es tat gut. Jetzt konnte sie wirklich lächeln. Und wieder denken, ihn beobachten. Das bauschige, weite Bauernhemd war aus feinstem Leinen, die Ränder verziert mit weißen Stickereien. Sie sah die braune Haut der Brust, die schweren Trapezmuskeln des mächtigen Halses. Eine gewölbte Stirn. Das Gesicht ein braunes Oval. Darin die beiden Ovale der Brille. Die Haut leicht schimmernd, kaum eine Falte, sonderbar glatt und geschwungen, als wäre sie gepolstert, nein, als trage er eine Gummimaske – nur zwei horizontale Kerben in diesem Gesicht: eine Stirnfalte und die waagerechte Linie der braungrauen Augenbrauen.

›Kein Irrer, ein Monstrum!‹ dachte sie. Der Kopf eines Monsters vor einer Landschaft, die so schön war, wie man sie sich nicht ausdenken konnte. So schön und so von Frieden durchtränkt die rote Erde, die graue Terrassenmauern trug. Die Malvenbäume. Der Lavendel. Und darüber ein Himmel, über den die Wolken zum Meer hinzogen...

Das sah ihm ähnlich.

Nun betrachtete er seine ›Insel auf der Insel‹, schien

vollkommen abgeschaltet zu haben, nur die Fingerspitzen bewegten sich an dem gelähmten Körper wie welke Blätter an einem verdorrten Ast. Was dachte er? Sie kannte dieses jähe, lähmende Schweigen. Und fühlte etwas wie Mitleid. Er war verstümmelt, sah seinen Zustand wohl als eine Art heroischen Kampf gegen die Dinge, die ihm nicht mehr gehorchen wollten. Das Ausziehen, die Kleider, die Frage, wie kommst du vom Stuhl in dein Bett – die einfachsten, primitivsten Dinge, die der Körper verlangt, wie waren sie zu bewältigen? »Ich werde damit fertig. Fast ohne Hilfe. Aber was das heißt, das kann ich dir nicht sagen. Dabei habe ich das Heulen gelernt. Und den Haß...«

Dann hatte er geschwiegen. Wie jetzt. Langsam drehte er ihr sein Gesicht zu: »Du lebtest glücklich? Du hast einen netten Mann. Nett, bescheiden, tüchtig – eine Null mit einem Wort.«

Sie bemühte sich, keine Reaktion zu zeigen. Auch jetzt nicht. ›Spiel sein Spiel!‹

»Ich will nicht über ihn reden, Melissa. Er gehört nicht zu unserer Situation. Ich will dir etwas sagen: Du warst noch nie glücklich. Du weißt nicht, was Glück bedeuten kann. Das vollkommene Glück. Die Tage als Fest. Du wirst es mit mir erleben. Nicht lange vielleicht, eine Woche nur, aber eine Woche der Vollkommenheit!«

Es war warm draußen auf der Terrasse, nun spürte sie eine eisige Kühle im Nacken: eine Woche der Vollkommenheit?!

»Dann hat also Pons doch recht gehabt?« Tim sagte es mehr zu sich. Er sagte es, als er den Wagen wieder vom Restaurant zur Autostraße steuerte. »Pons tippte von Anfang an darauf, daß irgend jemand im Spiel sein könnte, den Melissa kennt.«

»Felix Pons?! Ja, gibt's den noch?«

Helene Brandeis' Augen blitzten, und der Fahrtwind spielte mit den in vornehmem Blaustich getönten Löckchen. »Pons, der alte Halunke! Ach... ich darf gar nicht zurückdenken. Felix Pons war nämlich Juans Chef. Der drückte nicht nur ein Auge, der drückte alles zu. Ist doch wirklich romantisch im Tee-Pavillon, was?«

Tim schwieg.

»Verzeihung«, sagte sie.

»Alle dachten irgendwie in dieselbe Richtung, nur ich nicht«, nahm Tim seinen Gedanken wieder auf. »Das ist das Verrückte. Selbst Rigo...«

»Rigo?«

»Der Chef der Guardia Civil Station in Pollensa. Ein richtiger spanischer Bulle. Auch der kam damit. ›Haben Sie keine Bekannten hier?‹ fragte er. ›Sie hat sicher irgend jemand getroffen, den sie von früher kennt. Oder haben Sie irgendwelche Feinde?‹ – Und ich Trottel schüttle ständig nur den Kopf.

Flach war nun das Land. Und die Felssteinmauern glichen grauen Strichen vor einem ockerfarbenen Hintergrund. Stille, über der sich Hitze ausbreitete. Gehöfte, die in der Sonne dösten, Dörfer mit geschlossenen Fensterläden. Hunde, die im Schatten schliefen.

Tim drückte aufs Gas.

»Muß das denn sein. Nun fahr nicht so schnell.«

Der Fahrtwind wirbelte den Hut der alten Dame vom Sitz zur Heckscheibe hoch.

»Langsamer, Herrgott nochmal! Wir kommen schon an.«

»Wo...?«

»Na, wo schon... Son Vent heißt das Haus, in dem er wohnt. Ein Landgut. Ziemlich groß wurde mir gesagt. Liegt zwischen Capdepera und Cala Ratjada.«

»Und du meinst wirklich...«

»Hör mal, Tim, das Wort meinen mag ich immer weniger. Nützt nichts. Wir sollten hinfahren und gucken. Und zuvor melden wir uns am besten bei der Guardia Civil.«

Er nickte – und wunderte sich aus vollem dankbaren Herzen: Helene Brandeis. Was für eine Frau, was für ein Mensch! Sie war sicher müde, hatte vielleicht noch nicht mal was zu Mittag gegessen, weil sie diesen Plastikfraß im Flugzeug so haßte. Dazu kamen die Hitze und die Schmerzen in ihrem Hüftgelenk, über die sie zwar nie redete, die sie aber stets begleiteten. Nein, nichts von: »Laß uns bloß ins Hotel, ich will mich mal 'n bißchen hinlegen.« Capdepera mußte es sein! Son Vent – Fischers Versteck.

»Und wer sagt dir, daß Fischer uns überhaupt reinläßt. Oder daß er uns irgend etwas Vernünftiges sagt.«

»Niemand, Tim. Niemand sagt mir ja auch, ob Melissa dort ist. Eine Annahme. Mehr nicht.«

Nun fuhr er doch langsamer, fuhr mit dem Gefühl, als nehme ihm jemand die Luft zum Atmen. Eine Annahme? Ja was denn sonst? Gehörte nicht auch zu der ›Annahme‹, daß Melissa ihn verlassen hatte? Daß sie, während er dort oben in dem dämlichen Pavillon stand, eine Flasche Champagner in der Hand und den ganzen sentimentalen Hochzeitskitsch im Herzen, mit einem anderen verschwand?

Verrückt ist das! Vollkommen undenkbar. Ausgeschlossen!

»Vielleicht hatte er sie gezwungen, mit ihm zu gehen«, schrie die alte Dame gegen den Fahrtwind an.

»Und wie gezwungen?«

»Erpreßt. Irgendwie halt. Was weiß ich?«

»Und wie hat er sie überhaupt gefunden?« brüllte Tim zurück. »Gibt's da auch eine Erklärung in deinem Hobby-Detektivgehirn?«

»Tim, für alles gibt's Erklärungen. Hinterher nämlich. Du wirst sie schon noch kriegen.«

»Und wie?«

»Das weiß ich auch nicht. Hier geht's um Kombinationen. Um das uralte Spiel mit Annahmen und Logik.«

Ein sehr lustiges Spiel – wollte er sagen; er sagte es nicht. Er biß die Zähne zusammen. Er hatte den Dialog satt. Vielleicht nahm sie dasselbe an. Alles, was er dachte, war im Grunde undenkbar: Daß nämlich Melissa Fischers Adresse bereits kannte, als sie abflogen. Und daß sie ihn schon vorher, noch vom Tegernsee aus, von ihrer Ankunft benachrichtigt hatte.

Wie denn sonst, Herrgott noch mal, hätten sie sich treffen können?!...

Er war verrückt. Und es war nicht der Unfall, der ihn zum Psychopathen gemacht hatte. Er war es bereits zuvor, mit seinem menschenverachtenden Größenwahn, seiner Art, sich als Mittelpunkt der Welt, als Maß aller

Dinge zu sehen. Und verrückt war er sicher auch bei seiner Arbeit gewesen, diesem ewigen Herumspielen mit Stoffen, die nur eines bewirkten, die Seele des Menschen zu verändern. Vielleicht hatte er ihnen die eigene geopfert?

Wieder zogen sich die Hände zusammen. Und bei ihr kehrte die Angst zurück, als sie beobachtete, wie er mit der Kommandokonsole des Stuhls spielte. Er ließ den Rollstuhl kreisen, bis er mit einem Ruck vor ihr stoppte. »Daß wir uns wiedertrafen, mein Herz, eine Art Wunder. Ich will dir was sagen: Ich hab' vor kurzer Zeit einen dieser unsäglichen amerikanischen TV-Krimis gesehen. Ein Paar, das sich trennte, trifft sich wieder. Und natürlich erkennen sie in diesem Augenblick, daß diese Trennung der entscheidende Irrtum ihres Lebens war. Aber wo treffen sie sich. Im World-Trade-Center in New York. Und der Mann realisiert im ersten Augenblick gar nicht, was ihm geschieht. Sie, im Schock, läuft weiter, rennt zum Lift und verschwindet. Da wacht er auf, zerschlägt einen Sicherungskasten und bringt den Lift zum Stoppen. So ging's mir. Ich hab' den Lift angehalten.«

Sie nickte nur. Ganz freundlich, als erzähle er irgendeine selbstverständliche Geschichte. Sie brauchte alle Kraft, um vor dem Fieber in diesen Augen gelassen zu wirken.

»Die beiden haben sich in einem Hochhaus getroffen, in dem täglich Zehntausende von Menschen verkehren. Und sie kamen aus verschiedenen Ländern nach New York. Ein absolut blöder Einfall, nicht wahr? Solche unglaublichen Zufälle sind nun mal nicht vorgesehen. Und was passiert mir? – Das gleiche! Seit vier Tagen, seit der Sekunde, in der ich dich zum ersten Mal wieder gesehen habe, glaube ich wieder an Wunder.«

Sie nickte nur. Noch nie in ihrem Leben hatte sie die Flaumhärchen in ihrem Nacken gespürt, nun spürte sie sie.

Und er, er sah sie an mit diesem schrecklichen Blick und sprach von Wundern.

Erneut begann der Rollstuhl leise zu summen. Er hob die Hand. Als sie ihn zum ersten Mal gesehen hatte, war eine Decke über seine Beine gebreitet. Nun steckten sie, zwei dünne, bräunliche Knochen, in viel zu weiten Shorts. Er lächelte.

»Komm, ich muß dir was zeigen...«

Der Rollstuhl fuhr voran, und sie folgte mit einem Gefühl der Benommenheit, das sich bei jedem Schritt verstärkte. Er öffnete eine der Terrassentüren, sie kamen durch einen kleinen Vorraum, wieder eine Türe und nun – sein Arbeitszimmer wohl? Die Jalousien waren geschlossen, nur durch einzelne Ritzen drang Sonnenlicht herein. Es war so dämmrig, daß sich ihre Augen erst daran gewöhnen mußten. Richtig! Ein Schreibtisch. An den Wänden Bücherregale. Eine Wand war frei, und darauf zeichnete sich das Rechteck eines großen Bildes ab.

Fischer drückte auf einen der Knöpfe an seiner Steuerkonsole. Deckenlampen tauchten den ganzen Raum in Helligkeit.

»Nun...« Er hatte sich vor das Bild gerollt: »Nun, mein Herz, was sagst du?«

Was sollte sie sagen? Durch ihr Gehirn zogen vage Worte und Gedanken, flüchtig wie Nebelschwaden. Das Bild – wie kam er auf einen solchen Einfall? Und es hing die ganze Zeit vor ihm, ihm gegenüber, wann immer er hinter dem Schreibtisch saß, mußte er es ansehen.

Das Bild zeigte eine Frau, deren nackter, schmaler, weißer Körper fast bis zu den Knien von Wellen sprühenden, rotblonden Haaren umhüllt war. Die zarten Füße standen auf einer Kugel, die wohl den Erdball darstellen sollte. Das Gesicht, die grünen Augen, der lächelnde, fragende Mund – das Bild – war sie! Oder vielmehr: Das Bild versuchte sie wohl so zu zeigen, wie er sie sah...

»Sag was, mein Herz. Ich warte.«

»Wer hat das gemalt?«

»Spielt das eine Rolle? Ich gab es in Auftrag nach einer Fotografie. Wie findest du es?«

»Schrecklich«, sagte sie. »Kitschig.«

Er lächelte weiter zu dem Bild hoch, an ihr vorbei. »Melissa«, sagte er dann, »sei dir über eines klar: Meine Gefühle sind nicht zu treffen. Und schon gar nicht von dir... Und weißt du den Grund? Weil du deine eigenen Gefühle nicht kennst.« Beschwörend schienen sich die dunklen Pupillen in die ihren zu bohren: »Noch nicht, Melissa...«

15 Uhr 25

Die Sonne machte müde.

Tim fuhr einfach nach den Angaben der alten Dame, die auch nicht groß zu Gesprächen aufgelegt schien. Er fuhr, ohne die Schilder zu beachten. Er brauchte es gar nicht. »Dort vorne kommt eine Abzweigung. Und paß auf den Omnibus auf. Nicht überholen! Sont fahren wir vorbei.«

Es war die letzte von vielen Abzweigungen, die sie ihm angab. Sie schien die Insel tatsächlich zu kennen wie ihre Handtasche. Erschöpft war auch sie, richtig blaß um die Nasenspitze, doch woher nahm sie nur immer noch die Energie, mit der sie ihn antrieb und das Kommando führte. Reine Willenssache, dachte Tim. Und was ihr Orientierungsvermögen angeht – in den Zeiten, als sie noch die Insel heimsuchte, hat sie es wohl nicht lange in Formentor ausgehalten? Er konnte es ihr nachfühlen.

Die Abzweigung.

Ein Höhenrücken, Pinien, Feigenbäume, die ihre grünen Kronen über die Erde spannten. Und dann, an der Flanke einer Felsküste ein Ort, mit Kirche, Kastell und zinnenbewehrten Mauern.

»Capdepera«, sagte Helene Brandeis. Diesmal hatte sie eine Karte auf den Knien. »Halt mal an! Willst du ein Pfefferminzbonbon?«

Er schüttelte nur den Kopf.

Ihr Zeigefinger wanderte über irgendwelche Striche: »Dort drüben geht's nach Cala Ratjada. Ja, siehst du den Einschnitt, das Tal? Und dort oben, bei den Oliventerrassen, die Gebäude? Einen Pool hat er auch. Und Orangen. Und Mandeln. Und einen richtigen Weinberg. Der ganze Hang gehört dazu. Schon doll!«

ER!

Tims Blick folgte ihrer ausgestreckten Hand. Wenn das so war, wenn dieses Gut dort oben Fischer gehörte, dann mußte dieser Kerl mit seinen dreckigen Geschäften nicht nur Unmengen von Geld verdienen, dann hatte er – Tim mußte es widerstrebend zugeben – auch Geschmack.

Dies war keine Villa, kein Hof, sondern ein Herrensitz! Na, und jetzt würde man ja sehen, was das für ein Herr war...

Er schaltete in den zweiten Gang, zwang den kleinen Seat mit aufheulendem Motor an einem großen, braunroten Findlingstein vorbei, auf dem SON VENT stand, dann ging es wieder hangaufwärts. Nach einigen Kurven erwartete sie das Endstück der Straße: Ein Spalier junger Zypressen, das in einen runden Platz mündete. Vor ihnen aber, nach Westen wie nach Osten, zog sich die Grundstücksmauer. Zwei bis drei Meter hoch, aus soliden Sandsteinquadern gebaut und in der Mitte geteilt von einem halbrunden Eingangsbogen, den zwei kantige Säulen trugen. Die beiden Flügel der Tür waren aus schwarzlackiertem Metall. Sie waren verschlossen.

»Und jetzt?«

»Park mal dort drüben unter dem Baum. Mir ist schon heiß genug. Und kurbel das Fenster herab. Ja, und jetzt? Sieht aus wie ein Gefängnis, was?«

Tim nickte nur. Womöglich war es das auch. Melissas Gefängnis oder... Er brach ab, konnte den Gedanken nicht zu Ende führen.

»Ich würde ja aussteigen«, meldete sich die alte Dame wieder, »wenn's ginge, oder wenn du mir hilfst. Mein Gelenk ist schon die ganze Zeit am meutern.«

»Darauf habe ich gewartet«, sagte er.

Sie warf ihm einen herausfordernden, fast wilden Blick aus ihren blauen Augen zu: »Na und?«

»Nichts na und! Du bleibst jetzt sitzen, und ich steig' mal aus.«

»Und was ändert das?«

»Ich werde nicht nur aussteigen, ich nehme an, die haben 'ne Klingel. Und da läute ich mal.«

»Und dann?«

Die Betonung naiver Unschuld in ihrer Frage konnte ihn nicht aus dem Konzept bringen. Im Gegenteil. Seine Hände ballten sich zu Fäusten.

»Dann werde ich mich ganz höflich, wie sich das gehört, bei Herrn Fischer anmelden.«

»Fraser heißt der hier. Nicht Fischer.«

»Na schön, dann heißt er eben Fraser.«

Tim stieg aus. Die Sonne brannte im Nacken, und als er über den Platz ging, beschlich ihn das Gefühl, beobachtet zu werden. Vielleicht bildest du dir das auch nur ein? Von hier jedenfalls war weder ein Fenster noch sonst irgendeine Öffnung in der Mauer zu entdecken. Von hier aus gab es nichts als den Blick auf Stein und ein paar Vögel, große Vögel, die aus den Feigenbäumen dort drüben aufstiegen und flach über die Mauer strichen.

Er war stehengeblieben.

Über der halbrunden Steinumfassung des Eingangs wölbte sich ein Dach aus tongebrannten Ziegeln. Nun ja, da wären wir... Was nun? Keine Klinke. Nichts als ein eingelassenes Sicherheitsschloß. Rechts aber, ein helles Rechteck, sandsteinfarben, aber aus Metall. Beim ersten Blick hatte er es übersehen. Im Schutzblech der Anlage war eine kleine, quadratische Platte aus braunem Kunststoff eingelassen. Darüber das Gitter der Gegensprechanlage.

Mit allem Komfort, was sonst? Er würde läuten. Und oben gab es wieder so eine Taste, die drückt dann Herr

Fischer oder Herr Fraser oder wie immer er sich nannte, die Tür schwingt auf, du marschierst rein und stellst deine bewährte Erfolgs-Frage: »Haben Sie vielleicht meine Frau gesehen?«

Nur nicht zögern! Handeln zählt.

Tim drückte. Von der Klingel kam nicht der Hauch einer Resonanz. Aber dann, nach einer winzigen Pause ein geiferndes, sich überschlagendes, zorntobendes Bellen. das Geräusch schien das ganze Tal auszufüllen. – Reizend! Tim war Landarzt, und als Landarzt machte man Erfahrungen. Er hatte sie gemacht: Die Biester, die sich da vor Hysterie überschlugen, mußten auf den Mann dressierte Wachhunde sein!

Das Bellen war wieder verstummt.

Noch immer stand er vor der Tür, legte einmal die Hand darauf, um sie sofort zurückzuziehen: Glühendheiß. Der Schweiß lief ihm über die Stirn. Und als er sich nun umdrehte, um zu dem Seat zurückzugehen, war es ihm, als sei sein Körper doppelt so schwer als zuvor.

Er ließ sich hinter das Steuerrad fallen. Die Türe schloß er nicht. Er hatte den linken Fuß noch draußen auf dem heißen Asphalt, so, als wolle er jeden Moment zurücklaufen. Er sagte nichts, und auch Helene Brandeis warf ihm nur einen kurzen Blick zu, um dann wieder die Mauer zu betrachten.

»Helene«, sagte er schließlich, »gib mir einen von deinen verdammten Zigarillos.«

»Nichts lieber als das.« Sie gab ihm auch Feuer, und so saßen sie, rauchten schweigend, bis es der alten Dame zuviel wurde: »Schluß! Das bringt nichts. Da meldet sich niemand.«

Tim gab ihr keine Antwort. Er hatte den Kopf zur Seite gedreht und gegen die Nackenstütze gelehnt. Sie wußte nicht, ob er die Augen geschlossen hatte oder die Mauer begutachtete. Dann zuckte er zusammen. Ein Ton. Ein Knacken, so, als wäre ein Gerät eingeschaltet worden. Und da kam es schon: Eine Stimme.

Helene Brandeis hatte sich aufgerichtet. Zum ersten Mal wirkte ihr Gesicht fassungslos. Die Stimme sprach Spanisch. Tim verstand nicht, was da aus dem Lautsprecher über den Platz herandröhnte. Nun war die Sprache Französisch...

»Was soll denn das?«

»Gleich kommt's auf deutsch, wirst du sehen.«

Und sie hatte recht.

»Guten Tag«, hörte Tim. »Wir möchten Sie darauf aufmerksam machen, daß Sie sich auf einer Privatstraße befinden, die durch privaten Grund führt und bitten deshalb höflich, daß Sie diesen Besitz wieder verlassen und Ihre Fahrt fortsetzen, wozu wir Ihnen schönen Aufenthalt auf Mallorca wünschen...«

Tim atmete tief durch. Er spuckte den Zigarillo auf den Asphalt, ließ den Motor an und gab Gas.

»Das gibt's doch alles nicht!«

»Anscheinend doch. Mit ein bißchen Fantasie kann man's sogar glauben. Und jetzt, Tim, jetzt machen wir bei anderen Leuten noch einen Besuch. Und die werden uns reinlassen.«

»Besuch? Wo? – Ich habe langsam die Schnauze voll.«

»Ich auch. Bei der Guardia Civil melden wir uns trotzdem. Wie hieß dein Freund noch?«

»Rigo«, sagte Tim. »Brigada Pablo Rigo.«

»Wie ich erfuhr, daß du auf der Insel bist? Interessante Frage, nicht wahr, Melissa? Aber es gibt noch eine viel wichtigere. Ich frage dich...«

Der Rollstuhl rückte näher, langsam, lautlos, näher und näher, Zentimeter um Zentimeter: »Ich frage dich, wie willst du eine solche Wiederbegegnung nennen? Nach den Regeln der Wahrscheinlichkeit war unser Wiedersehen unmöglich, statistisch gesehen ein Witz. Ein Sandkorn unter Milliarden... Und trotzdem...«

Sie fühlte, roch seinen Atem. Sie hatte das Gefühl, keine Luft mehr zu bekommen. Langsam bog sie den Oberkörper zurück und brachte dabei noch immer ein Lächeln zustande; aber dieses Lächeln gehörte nicht ihr, es war eine Maske, etwas Fremdes, das schmerzte.

»Ich werd' es dir erzählen. Du wirst mir nicht glauben, Melissa.«

Sie griff nach der Karaffe mit Orangensaft auf dem Tisch. So konnte sie sich abwenden, den Stuhl ein wenig zur Seite rücken, während sie vorgab, sich auf das Eingießen zu konzentrieren.

Nein, er bemerkte nicht, wie ihr zumute war. Wann hatte er das je? Er war bei seiner Geschichte: »Sieh mal, Melissa, jede Woche fahre ich hinüber ins Formentor. Manchmal ein-, oft auch zweimal. Dort nehme ich dann meinen Tee, sehe mich ein wenig im Park um, beschäftige mich mit den Pflanzen. Es ist der einzige Ausflug, den ich mir hier auf der Insel leiste. Und ich unternehme ihn nicht, weil ich Menschen treffen will, das Neureichen-Gesindel und die Millionärs-Rentner dort interessieren mich einen Dreck. Aber der Park... Ich liebe nun einmal Pflanzen. Ich kenne den Gärtner Antonio. Das ist ein Sukkulenten-Fachmann und Sukkulenten sind nun mal meine Spezialität. Wir tauschen Stecklinge aus und unterhalten uns ein wenig. Und so war es auch dieses Mal wieder...«

»Du warst also drüben im Park vom Formentor, als wir ankamen?«

Sicher, es war unglaublich! Er hatte ja recht. Unglaublich – und unwichtig. Erschreckend aber war, wie er die Bedeutung dieses Zufalls übertrieb, ihn ins Absurde, ja, ins Groteske verzerrte. »Und wo warst du?« Sie sagte es nur, um überhaupt etwas zu sagen. Ihre Stimme war belegt, sie hatte Mühe mit den Worten. »Ich... ich habe dich nirgends gesehen.«

»Ich saß im Wagen.« Sein Lächeln wurde schief: »Du hattest es ja so verdammt eilig, hinunter an den Strand zu rennen, nicht wahr? Ich saß also im Wagen. Den hatte ich hinter dem Gärtnerhaus geparkt.«

Sie stand nun auf, ging ihm vollends aus der Nähe. Als sie über die Terrasse schritt, spürte sie die Wärme der Tonkacheln unter den bloßen Füßen. Sie zündete sich eine Zigarette an, legte die Hände auf den Sandsteinfries der Balustrade, die die Terrasse einfaßte. Drüben flog ein Schwarm Möwen. Eine löste sich jetzt, kam im Tiefflug auf der Suche nach irgend etwas Freßbarem über das Dach gestrichen und schwang sich zurück in die Weite.

»Du liefst über den Strand, dein Haar wehte, es leuchtete buchstäblich, Melissa. Beeindruckend war das, wunderschön, wie einst... Ja, ich sah dich. Ich sah ein Wunder. Meine Melissa, da war sie wieder!«

»Da war auch mein Mann.«

»Schön. Der interessierte mich nicht.« Die Stimme an ihrer Seite wurde kühl und verlor jede Emotion: »Wie sollte er? Du warst ja wieder da. Das allein zählte. Ein Wunsch, der Realität wurde. Ein Wunsch, der mich lange, viel zu lange beschäftigt hatte, weißt du, so stark beschäftigt hatte übrigens, daß man sagen konnte, daß ich ein Recht auf diese Verwirklichung besaß. Du bist mir manches schuldig, Melissa. Ich meine, nach allem, was geschah...«

Sie blickte über den Tisch und die Terrassenbrüstung. Sie vermied seinen Blick. Sie versuchte sogar die Stimme aus ihrem Bewußtsein zu verdrängen. Sie verfolgte den Flug der Möwe, die einen Kreis über Fischers Besitz zog. Das Grundstück war von einer zwei Meter hohen Mauer umgeben. Auf der anderen Seite der Mauer, die das Tal durchschnitt, sah man einen runden Platz. Er war wohl angelegt worden, um irgendwelchen Lieferanten oder Besuchern die Gelegenheit zu geben, ihre Fahrzeuge zu wenden, ohne die große Stahltüre passieren zu müssen, die Son Vent von der Außenwelt absperrte.

»Vielleicht sollte man nicht sagen schuldig. Schuld ist auch ein Wort, das man besser aus dem Vokabular streicht, aber...«

Den Rest verstand sie nicht. Fischers Worte gingen unter in dem heulenden Gebell, das die Hunde anstimmten. Wachhunde. Schwarze Neufundländer. Sie hatte zuvor beobachtet, wie sie gegen die Stahlmaschen des Zwingers sprangen, der an der Rückseite der Garage angebaut war. Sie wurden nachts freigelassen, hatte Fischer gesagt. »Für den Fall der Fälle, mein Herz. Einbrecher auf Son Vent, keine leichte Rolle. Ich möchte sie nicht spielen...«

Warum machten die Köter einen solchen Wahnsinnskrach?

Wieder blickte sie hinüber zum Garagenanbau und von dort auf den Platz vor dem Tor.

Ein Wagen! Ein kleiner, roter Seat, wie die Touristen ihn benutzen. Sie kniff die Augen zusammen, um besser sehen zu können. Ja, es war exakt derselbe Typ, den sie sich geliehen hatten, als sie zu dieser verfluchten Fahrt nach Pollensa aufgebrochen waren. Vielleicht gab es Tausende solcher roter Seats, sicher...

Vielleicht aber auch...?

Das Herz setzte ihr aus.

Mein Gott! Wenn Tim...

»Dein Mann mag ein guter Arzt sein«, kam es aus dem Rollstuhl. »Ist er sogar. Ich weiß das. Ich habe einen Ermittler gebeten, mir über den Doktor Tim Tannert zu berichten. Was er mir schrieb, war durchaus positiv. Der Doktor Tim Tannert mag auch ein guter Ehemann sein... Na und?«

Wieder das Bellen, diesmal nur vereinzelt.

Tim? – Wenn es nur nicht so weit wäre. Es war unmöglich zu erkennen, wer dort im Wagen saß.

»Ein guter Ehemann ist nun wirklich nicht gerade das, was mich beeindruckt. Ungemein praktisch vielleicht und sicher auch herzerwärmend. Manchmal... Aber das Leben hat wichtigere Dinge zu bieten. Und was unser Leben angeht, mein Herz, wir beide haben ein gemeinsames Schicksal und noch immer eine gemeinsame Rechnung, die irgendwann zu begleichen ist...«

Worte! Lächle. Nicke. Sag irgend etwas. Halte dich an das Letzte, wiederhole es, so ist es am einfachsten.

»Eine gemeinsame Rechnung?« wiederholte sie.

»Keine Sorge, ich meine das nicht negativ. Wie könnte ich auch? Ich muß wohl dankbar sein, daß es mich noch gibt, nicht wahr? Vor ein paar Jahren hatte mir keiner eine Chance gegeben. Und nun...«

Sie wollte sich umdrehen, damit er nicht Verdacht schöpfte. Sie konnte es nicht, sie war wie gelähmt. Die Worte kamen jetzt rasch, begleitet von stoßweisem Atem. So hatte sie ihn noch nie gehört.

»Sechs bis sieben Monate Lebenserwartung, das war die Prognose. Und nicht einmal, daß ich eines Tages meinen eigenen Rollstuhl kommandieren kann, war dabei vorgesehen. Gar nichts. Wenn ich damals gesagt hätte, ich würde wieder mit meiner Arbeit beginnen, erfolgreicher denn je, sie hätten mich für verrückt erklärt.«

»Mit deiner Arbeit? Hast du denn wirklich hier...«

»Ja, was glaubst du denn? Meinen Betrieb hat der Staatsanwalt stillgelegt. Keinen Pfennig bekam ich heraus. Das hast du doch sicher gehört? Ich mußte von vorne anfangen. Und was meinst du, wie ich mir dieses Gut hier leisten kann? Oder meine Yacht drüben in Cala Ratjada? Meine Konten...«

Die Stimme verschwamm. – Tim? Es war dasselbe Rot, doch die Entfernung war zu groß. Hätte sie nur ein Fernglas! Nichts zu sehen, als ein bißchen Rot und Chromgefunkel. Und trotzdem... Vielleicht war er ausgestiegen?

»Bitte, Fred...« Sie drehte sich um. Sie brauchte alle Kraft, um ihn anzusehen. Sein Gesicht schien verändert. Die Lippen zitterten. Sie sah, daß die Adern an seinen Schläfen geschwollen waren, und die Pupillen schienen riesig.

»Ich sage dir, ich habe Geld. Ich könnte dir die Welt zu Füßen legen... Ich will dein Glück.«

»Und wie soll es denn aussehen, mein Glück?«

»Du wirst sehen...« Er sagte weitere Worte, die sie nicht verstand. Sie hatte solche Mühe, sich zu konzentrieren. TIM – der Name war wie ein großes Echo, das alles andere überdeckte. Es gab eine Stelle, an der die Mauer sich ziemlich flach über einen Felsen schob. Dort vielleicht? überlegte sie. Nachts war das Gelände von Neufundländern bewacht. Außerdem, Fenster und Türen blieben verriegelt. Aber jetzt? Wenn es Tim war...

Sie hatte ihre Ruhe wieder. Und ihr Lächeln: »Gehen wir doch in den Park. Den ganzen Tag sitze ich schon im Haus. Zeig mir deine Pflanzen, diese... Wie heißen sie nur?«

»Sukkulenten.« Nun strahlte er, zufrieden wie ein Kind.

»Ich hole meinen Bikini, Fred.«

»Den brauchst du doch gar nicht. Weißt du, daß ich dich einmal sehen möchte mit deinen rotblonden Haaren wie auf dem Bild...«

»Komm, Fred!« Sie versuchte etwas auf ihr Gesicht zu zaubern, das wie ein kokettes Lächeln aussehen könnte. Und dann ließ sie ihn einfach sitzen und lief zum Hauseingang. Es mußte schnell gehen. Er sollte glauben, daß sie das Badezeug holte – jedenfalls, bis er im Park von Son Vent war, würde Zeit vergehen. Zwar bestand das ganze Haus aus sanft geneigten Rollstuhlrampen, über die er mit beachtlicher Geschwindigkeit und fast artistischem Geschick die drei Räder steuerte, trotzdem, fünf, sechs Minuten konnte sie so herausholen.

Sie nahm den Weg über die Frühstücksterrasse, als sie das Haus verließ. Auch von hier sah sie den roten Seat, zwar nur das Dach, aber er stand dort.

Auf der Westseite des Grundstücks führte ein blumengesäumter Weg zwischen hohen Zypressen an der Mauer entlang zum Eingang. Dort hatte sie gestern schon einmal die Chance abgeschätzt, über die Mauer zu kommen. Es war ihr klar, daß Fischer jeden Meter der Mauer mit seinen elektronischen Spielzeugen überwachen ließ. Na und? Wenn dort im Wagen Tim saß, hatte sie es nicht weit...

Sie ging geduckt. Violett- und rosablühende Oleanderbüsche schirmten ihren Weg. Einer der Neufundländer schlug an. Aber nun war er in seinem Zwinger. Das Bellen verstummte. Sie hörte nur das leise Summen aus der Pumpanlage, die die Umwälzung des Pools betrieb...

Rechts war die Mauer. Aus blühenden Margeriten- und Geranienbeeten wuchs sie gut zwei Meter in die Höhe. Hier hatte sie keine Chance. Doch dort vorne, die helle, gezackte Form... der Fels!

Ihr Herz schlug bis zum Halse. Noch einmal warf sie einen Blick zurück. Die Augen suchten das grüne Gewirr von Blüten, Sträuchern und Baumstämmen zu durchdringen. Die Frühstücksterrasse war leer. Niemand...

Los schon! Wenn überhaupt, dann jetzt!

Die scharfen Kanten des Muschelkalks schnitten in ihre Hand, als sie sich den Fels hochzog. Was ihr noch fehlte, war ein Meter fünfzig Mauerhöhe. Nicht mehr... Das schaffst du doch! Ja, das schaffst du...

Die Mauer war mit sandsteinbraunem, grobkörnigem Zement verputzt. Melissa schob die linke Hand über die Krone, federte ab, hatte den rechten Ellbogen bereits auf der Kante, wollte sich nun mit der linken Hand abstützen, spürte auch noch den Schmerz, als der Verputz die Haut ihrer Fingerkuppen aufriß – und dann nichts, nichts als einen peitschenden, grellen Schlag, der jede Reaktion, jede Nervenbahn in ihr betäubte.

Sie stürzte...

Es wurde ihr erst klar, als sie über den Stein in die Tiefe glitt, über die Zacken und Kanten, die den Stoff ihres Kleides zerrissen. Sie stöhnte. Sie versuchte nachzudenken – vergeblich. Und dann wußte Melissa, was dieses grausame, grelle Gefühl, das sie blitzartig durchflutet hatte, bedeutete: Die Mauer war mit Strom gesichert! Sie hatte den elektrischen Draht berührt...

Sie lag am Boden, das Gesicht in irgendeine fleischige, seltsam geformte Pflanze gepreßt. Fischers Sukkulenten... dachte sie zusammenhangslos: Seine Lieblinge... Und dann dachte sie: Du hast keine Chance! Mach dir nichts vor. Dies ist nicht eine ›Insel auf der Insel‹, wie Fischer sagte. Sein Zuchthaus ist es, der Vorhof, nein, das Zentrum der Hölle!

Am liebsten wäre sie ewig so liegengeblieben. Aber das ging ja nicht. Schwer atmend versuchte sie sich aufzustützen. Selbst damit hatte sie Schwierigkeiten. So blieb sie auf den Knien kauern, den Kopf zwischen die Schultern gezogen, rührte sich nicht, spürte nur die Tränen, die kühl über ihre Wangen rannen. Und sie blickte auch dann nicht hoch, als eine Stimme sagte: »Okay! Und wozu das Ganze? War das nicht ein bißchen leichtsinnig?«

Nein, sie rührte sich nicht. Sie hielt die Lider fest zugepreßt, als könne sie so die Wirklichkeit aussperren. Melissa haßte sich für ihre Tränen, aber sie zurückhalten, wie denn? Langsam wandte sie ihr Gesicht. Die Welt verschwamm. Durch den fließenden Schleier erkannte sie ein paar blaue, leichte Bootsschuhe mit weißen Gummisohlen.

»Soll ich Ihnen was sagen? So was kann leicht schiefgehen«, sagte die Stimme. »Ich weiß ja nicht, wieviel Saft da oben durchläuft, aber ein paar hundert Volt sind das schon. Und das tut nicht gut. Vor allem, wenn jemand 'nen schwachen Kreislauf hat...«

Sie nickte, nickte tatsächlich, nickte wie eine Puppe.

»Wie ist das, geht es einigermaßen? Können Sie aufstehen? Nein, ich helf' Ihnen wohl besser...«

Zwei Hände griffen zu, schoben sich unter ihre Achseln und zogen sie hoch. Die Knie drohten einzuknikken, tief in ihr war ein Zittern, das sich über den ganzen Körper ausbreitete, doch die Hände hielten sie fest.

Dann war es soweit, daß sie allein stehen, ein wenig denken und vor allem sehen konnte.

Sie blickte in ein braungebranntes, knochiges Gesicht: Matusch – Fischers Faktotum! Er hatte den rechten Zeigefinger gegen seine lange, schmale Nase gelegt. Das goldene Haar glänzte. Golden schimmerte auch das kleine Kreuz, das an einer Kette auf seiner dunkelgebräunten Brust hing. Die fleischlosen Lippen waren zu einem dünnen Grinsen verzogen.

Und die grauen Augen sahen sie an, lange und ohne den Schatten irgendeiner Gefühlsregung.

»Ich weiß nicht, ob das sehr klug war, gnädige Frau«, kam es endlich. »Das könnte schließlich Ärger mit dem

Chef geben, nicht? Und Ärger, wissen Sie, Ärger mag er gar nicht. Davon hat er schon genug...«

Sie machte zwei, drei Schritte. Nur weg! Ein plattenbelegter Weg. Stufen. Sie führten hinunter zum Garagenbau.

Sie ging weiter. Ihr Körper gehorchte wieder. Sie ging einfach. Weg!... Sie hatte bereits die Hand auf dem eisernen Treppengeländer, als er sie zurückriß.

»Das ist die falsche Richtung, gnädige Frau. Das lassen wir jetzt. Wir beide gehen jetzt hübsch hoch in die Villa. Ein anderes Kleid würde ich mir auch anziehen. Der ganze Rock ist futsch. Und außerdem wollen wir doch erzählen, was Ihnen da gerade eingefallen war, oder nicht?«

Vielleicht wiederholt sich alles? So jung war sie damals, fünfzehn oder sechzehn, doch in ihr tobte das gleiche Gefühl hilfloser, zorniger Ohnmacht, das sich gegen die Fesseln der Scham nicht durchzusetzen vermochte... Sie hatten Zigaretten geraucht, keinen Hasch, wie Strelau behauptete, aber der Klassenlehrer wiederholte es immer wieder: »Es macht mich traurig, Melissa. Du, meine beste Schülerin... Sich in die Toilette einsperren, um Joints zu rauchen? Schweig, Melissa. Ich weiß, daß es so ist. Es macht mich unendlich traurig...«

Es macht mich unendlich traurig – das gleiche signalisierten Fischers Eulenaugen.

Er sagte nichts. Er schwieg. Er saß unter dieser gelben Sonnenmarkise im Rollstuhl zurückgelehnt, die Decke über den Knien, die Finger am Schaltkästchen in der Lehne, aber sein Blick wiederholte es: Es macht mich unendlich traurig!

Wieso lachte sie ihm nicht ins Gesicht? Wieso war ihr noch immer, als schüttle sie der Stromstoß, als zermürbe es jede Reaktion, jeden Gedanken. Dieses widerliche Schwein von Matusch aber war noch immer nicht fertig mit seinem Bericht.

»Du hättest dich umbringen können, Melissa.«

Was gab es darauf schon zu antworten? Wieso ließ sie sich so anstarren? Wieso machte sie dieses Irrsinnstheater noch länger mit?

Und da kam es tatsächlich: »Es macht mich traurig. Ich will nicht nach den Gründen fragen. Ich will nur eines: Daß du weißt, was du damit bei mir bewirkt hast.«

Bewirkt hast? Fischer als Opfer? Ausgerechnet...

Sie drehte sich um, ging die ganze, lange Terrasse entlang, hörte das Quietschen der Gummireifen, als er den Stuhl drehte, ging ihrer Tür entgegen und war zum ersten Mal glücklich, daß sie in ihr Gefängnis zurückkehren konnte.

Sie zog die Türe zu, zog die weißen Vorhänge vor, ging auf unsicheren Beinen ins Bad, riß sich den schweißgetränkten Stoff vom Leib, stieg in die Badewanne und ließ das Wasser der Dusche auf sich herabprasseln. Die Wasserstrahlen peitschten ihren Körper. Sie hob die Hände vor das Gesicht, betrachtete die Fingerkuppen, eine nach der anderen. Vielleicht daß die Berührung mit den Stromkabeln eine Spur hinterlassen hatte? Ein Brandmal? Sie sah nichts. Sie trug das Brandmal wohl in ihrer Seele...

Sie trocknete sich ab, schlüpfte in den Bademantel und ließ sich aufs Bett fallen.

Das gläserne Kameraauge war auf sie gerichtet.

Es störte sie nicht. Man brauchte nur die Augen zuzumachen.

So einfach war das.

Es war das erste Mal, daß in Melissa die Angst hochkroch zu verlieren: Fischer war der Stärkere. Sie wollte es nur nicht anerkennen. Er war der Stärkere, weil er daran glaubte. Sie aber begann den Glauben zu verlieren, erschöpft fühlte sie sich, ausgebrannt, leer wie eine Hülse, sie war dankbar für die Müdigkeit, dankbar dafür, daß sie ihr vergessen half, sie schläfrig machte.

Wie lange sie in diesem sonderbaren, schwebenden Trance-Zustand verharrt war, wußte sie nicht. Sie hatte Matusch auch nicht gehört, als er den Raum betrat. Sie hörte ein Räuspern, doch damit hatte sie nichts zu tun. Aber die Hand, die sich nun auf ihre Schulter legte, die Berührung, das war Realität. Melissa fuhr hoch.

»Wie kommen Sie hier rein?«

Der Zorn machte sie schlagartig wach. »Verlassen Sie das Zimmer! Scheren Sie sich zum Teufel!«

Er scherte sich nicht zum Teufel. Er blieb und starrte weiter aus seinen grauen, leeren Augen auf sie herab.

»Ich sagte Ihnen doch gerade...«

»Richtig. Habe ich gehört. Ich geh' auch sofort. Mit Ihnen.« Und dann, nach einer höhnischen Pause sein: »Gnädige Frau...«

Sie hielt seinem Blick stand. Doch sie begriff nicht. Und dieses dünne Grinsen? Wie konnte sie es ihm aus dem Gesicht schlagen? Schreien? Dazu fühlte sie sich zu elend.

»Der Chef will Sie sprechen.«

»Der Chef? Das ist Ihr Chef. Sagen Sie Ihrem Chef, daß ich mir seinen Anblick jetzt ersparen möchte.«

»Sicher, sicher. Aber Sie werden keine Schwierigkeiten machen. Jetzt nicht. Das ist nicht der geeignete Zeitpunkt. Also bitte, stehen Sie schon auf.«

»Hören Sie, sind Sie verrückt?«

Er wollte tatsächlich ihre Hand packen. Sie schlug sie weg, doch da hielt er schon ihren Arm, und der Griff seiner Finger schnitt ihr ins Fleisch, daß sie die Zähne zusammenbiß.

»Verrückt?« sagte Matusch. »Fangen wir damit nicht an, wer das sein könnte. Es ist außerdem ziemlich egal. Sie kommen jetzt mit. Ja, nun los schon! Na, wird's? Aufstehen! Los!«

Er hatte sie hochgerissen, sie taumelte; das Blut pochte in ihren Schläfen. Sie versuchte zu verstehen – doch wie? Sie hatte sich Stunde um Stunde durch ein Alptraum-Labyrinth hetzen lassen und dabei versucht, etwas wie Orientierung und einen kühlen Kopf zu bewahren. Alles schien nur ein Auftakt gewesen zu sein – nun, da der Alptraum seine wahre Fratze zeigte, verlor sie die Kraft. Nun kam die Gewalt! Der Kerl, der sie zur Tür schleppte, den Gang entlangstieß, ihren Schlag abwehrte, sogar noch grinste, jetzt sagte: »Los schon! Hier rein.«

Fischers Arbeitsraum. Fischer selbst. Fischer, der sie aus einem Stuhl heraus anlächelte, ja, noch immer lächelte, auch jetzt noch, als sein Gorilla sie quer durchs Zimmer stieß.

»Schlimm.« Fred Fischer lächelte, und es war ein Lächeln, das sie an ihm nicht kannte. Ein zitternder, nervöser Hauch von Lächeln: »Schlimm für uns beide, Melissa ... Schlimm auch, wie er sich beträgt. Ich weiß, ich weiß ...«

»Sag mal ...«

»Nein, zum Reden haben wir keine Zeit. Leider. Später, Meliss. Später erkläre ich dir alles. Jetzt jedoch ...«

Er sprach nicht weiter. Er wandte sich an Matusch: »Pohl hat noch mal gefunkt. Wir müssen uns beeilen.«

Matusch hielt sie fest und nickte.

Ihr Leben, zweiunddreißig Jahre lang hatte Melissa auf ihre Beherrschung geachtet. Stets vertraute sie ihrer Vernunft oder dem Bild, das sie wie jeder Mensch von sich gemacht hatte und das auf der Vorstellung beruhte, schwierige Situationen seien nur mit Ruhe und Selbstbeherrschung zu meistern. Nun war es damit vorbei. Nun verfiel sie in den dunklen, tiefen Sog der Panik. Nun fing sie an zu schreien, wilde, entsetzte Laute, die aus ihrer Kehle quollen und die sie nicht mehr zurückhalten oder steuern konnte. Schreie eines Menschen in Todesnot ...

»Noch näher«, sagte Fischer. »Nun mach schon.«

Und da sah sie, was er in der Hand verborgen hielt: eine Injektionsnadel. Sie schloß die Augen und schrie. Sie spürte den Einstich nicht einmal ...

16 Uhr 40

Girls gab's diesmal keine auf dem Bildschirm. Auch sonst wirkte die Polizeistation der Guardia Civil in Pollensa bei Tageslicht ziemlich schäbig. König Juan an der Wand hatte sich eine magenkranke, gelbe Farbe zugelegt, die Geranien auf den Fensterbänken kümmerten unter einer dicken weißlichen Staubschicht dahin, es wurde weniger geraucht, dafür anscheinend um so mehr gearbeitet. Diesmal waren nur zwei Beamte im Raum. Der Junge mit dem Schnauz hing schon wieder am Telefon. Er winkte Tim zu wie einem alten Bekannten. Der andere Guardia kam zur Schranke: ein großer, knochiger Mann mit dunklen, tiefliegenden Augen.

Helene Brandeis strahlte ihn an. Er registrierte es mit einem Kopfnicken, aber das war auch schon alles.

»Könnten wir den Brigada sehen?« fragte Tim.

»Der Brigada ist – Moment mal... Rigo kommt gerade, da haben Sie Glück.«

Vom Hof hörte man das Knirschen schwerer Stollenreifen. Dann eine Stimme. Und eine Türe, die zuschlug. Nun stand er in der Tür, fett und mächtig und ziemlich erschöpft. *»Hola.«*

»Dies ist Señora Helene Brandeis«, stellte Tim vor. »Eine Freundin von uns.«

Der Brigada nickte nur. Auch Helenes *»Muy buenas tardes!«* – Einen schönen guten Tag! – beeindruckte ihn nicht. Er nahm die Mütze ab und wischte sich mit dem Handrücken den Schweiß von der Stirn, warf sich in einen alten, knackenden Korbsessel und starrte Tim mit müden, erbitterten Augen an: »Wir waren bis zur Sierra del Caval hoch. Und nicht nur wir. Auch ein Zug der Bereitschaft aus Inca.«

»Wieso denn, Señor?« Helene Brandeis verschränkte die Arme über der Besucherschranke: »Das ist doch der Bergzug zur Punta? Was suchen Sie denn dort oben?«

»Fragen Sie den Herrn da. Er ist die richtige Adresse.«

Rigo drehte sich um und rief dem Mageren zu, er solle ihm ein Bier aus dem Eisschrank holen. Das trank er dann auch mit langen, entschlossenen Schlucken, die sein Doppelkinn hüpfen ließen, stellte die Flasche weg und streckte die schweren Beine mit der Miene eines Mannes von sich, der seine Tagesarbeit geleistet hat.

»Wir haben vielleicht einen Hinweis für Sie. Frau Brandeis hier hat Kontakte zum deutschen Bundeskriminalamt in Wiesbaden.«

Tim hatte das Wort Bundeskriminalamt mit Gewicht ausgesprochen. Doch Rigo zuckte noch nicht einmal mit den Wimpern.

»Sie meint, das Verschwinden meiner Frau könnte im Zusammenhang mit einem Mann stehen, den sie einmal gekannt hat.«

Jetzt nickte der Brigada zumindest.

»Der Mann wird vom Bundeskriminalamt und von der amerikanischen Drogenfahndung gesucht«, fuhr Tim eifrig fort. »Wie Frau Brandeis erfahren hat, ist auch ein Ersuchen um Ermittlungshilfe an die spanische Polizei abgegangen. Und deshalb bin ich der Ansicht...«

Tims Ansicht war offensichtlich nicht gefragt. Rigo hatte seine ein Meter fünfundachtzig wieder vom Sessel hochgewuchtet, hatte jetzt plötzlich ganz schmale Augen und ging auf Helene Brandeis zu, die ihm mit einem geradezu überirdisch-freundlichen Lächeln entgegensah. Dann wurde viel, sehr viel Spanisch gesprochen. Helene kramte in ihrer Tasche, zog nicht nur ihren Paß, sondern auch die braune Dokumentenmappe mit den Goldbeschlägen hervor, öffnete sie – und da waren wieder die Telefax-Papiere und der Text von ›Paschke-Wiesbaden‹. Noch immer mit diesem nachsichtigen, kornblumenblauen und jeden Widerstand auslöschenden Alte-Damen-Lächeln hielt sie ihn Rigo unter die Nase und übersetzte.

Tim rauchte eine Zigarette nach der anderen. Der Brigada rieb sich mit dem rechten Zeigefinger seine große, rotverbrannte Nase, von der sich winzige Hautstückchen schälten. Dann ließ er sich von dem Schnauz das Telefon geben, stellte Fragen, wartete, sagte einige Male *comprendo* und *d'acuerdo* und legte wieder auf.

»Wir haben kein solches Ersuchen. Auch keine Bitte um Fahndungsmitwirkung.«

Soviel verstand auch Tim. Es war keine Schlappe, dies ähnelte einer Katastrophe. Helene Brandeis steckte sie mit höflichem Nicken weg: »Dann wird die Nachricht jeden Moment eintreffen, Señor. Es ist nur eine Frage von Stunden. Ich weiß das ganz genau...«

»Sie scheinen ziemlich viel zu wissen.«

»Danke«, sagte Helene Brandeis, als habe man ihr Herbstblumenkleid gelobt. »Darf ich Ihnen einen Zigarillo anbieten?«

»Ich rauche nicht, Señora«, sagte Rigo.

Tim mischte sich wieder ein. Er deutete auf das Thermopapier, auf dem sich der von Helene Brandeis' Fax zwar aufgenommene, aber doch ziemlich verschmierte, undeutliche Kopf eines Mannes abzeichnete. »Er hält sich hier unter falschem Namen auf.«

»Das hat mir die Señora bereits gesagt. Aber er ist nicht registriert, hat mir die Zentrale durchgegeben. Weder unter Fred Fischer noch unter Alfred Fraser. Er besitzt also keine Residencia noch sonst irgendeine Aufenthaltserlaubnis. Son Vent allerdings ist bekannt...«

»Der Mann ist Parapleptiker. Das muß doch rauszukriegen sein, ob Son Vent von einem Rollstuhlfahrer bewohnt wird?«

»Ist es auch. Wieso nicht? Ich brauche nur in Capdepera anzurufen.«

»Rollstuhlfahrer...?« Der Schnauz ließ den Drehstuhl kreisen, seine Augen waren wachsam und nachdenklich zugleich: »Moment mal...« Und dann sprach Helene Brandeis auf den Jungen ein, und der nickte und hatte auch etwas zu sagen, eine Menge sogar. Sie wandte sich wieder an Tim: »Es hat vielleicht nichts damit zu tun, Querschnittsgelähmte mag es schließlich überall geben. Aber unser junger Freund hier hat auch eine ganz interessante Beobachtung gemacht. Und zwar geht es um eine Motoryacht. Die sah er in Puerto Pollensa anlegen. Ein ziemlich großes Ding. Mit einem grünen Streifen an der Bordwand. Sehr teuer muß es auch gewesen sein. Der Mann aber, offensichtlich der Eigentümer, war gelähmt. Er wurde in einem Rollstuhl über die Gangway an Land geschoben.«

Es war wie ein kleiner elektrischer Impuls: In Tim knisterte es. Er hatte zwar kein klares Bild, in das er einfügen konnte, was er gerade erfahren hatte, und doch, irgendwie paßte es zu seinen Ahnungen: Rollstuhlfahrer?... Querschnittsgelähmter – vor allem Ausländer. Die mußten schon selten genug sein. Was sie suchten, war ein reicher, sehr reicher Ausländer.

»Frag ihn, ob er dieses Schiff schon mal in der Nähe vom Formentor beobachtet hat?«

Der Polizist schüttelte nur den Kopf.

»Was ist denn los, Tim?«

Inbrünstig kaute er am Bügel seiner Sonnenbrille und merkte es noch nicht einmal. »Ich meine, ich sehe da eine Möglichkeit. Ich kenne da jemand... Ich fahr' mal zum Hafen.«

»Wegen des Bootes?«

Er nickte.

Sie zögerte. Unter den aufgemalten Rougeflecken auf ihren Wangen wirkte ihre Haut fahl und mit tausend winzigen Fältchen tapeziert, die Augen aber leuchteten noch immer voll ungebrochener Tatkraft: »Noch was, Tim: Dieser sagenhafte Dicke hier hat sich breitschlagen lassen, sich mal in Capdepera umzuhören. Und das sogar sofort. Wir sollten mit ihm fahren.«

»Aber bist du denn nicht müde, Helene?«

»Müde? Was ist das?... Nein, kein bißchen. Nur mein Gelenk. Das will nicht so, wie ich es will.«

»Siehst du, deshalb ist es besser...«

»Besser ist, ich zieh' mir meine Sandalen an und schmeiß diese Teufelsschuhe in den Papierkorb hier. Dann fahr' ich mit ihm. Ich lasse ihn nicht aus dem Griff. Versprechen tun die viel, aber wenn's an die Praxis geht, heißt's *mañana*.«

Er nickte. »Gut. Und wo treffen wir uns?«

Pablo Rigo führte sie an die große Karte neben der Eingangstür. »Hier, die Straße nach Capdepera und Cala Ratjada. Das da, die gestrichelte Linie, ist der Weg nach Son Vent. Es ist eine Privatstraße. Sie wurde angelegt, als das Gut umgebaut wurde.«

»Kennen wir schon«, sagte Helene Brandeis und erntete dafür von Rigo einen stirngerunzelten, fragenden Blick. Aber sie schien die Erklärung für ausreichend zu halten. Sie beließ es dabei.

»Na gut«, sagte Rigo. »Am besten treffen wir uns in Capdepera. Fragen Sie nach der Bar Can Pines. Können Sie sich das merken?«

Tim nickte.

»Na gut, dort sind wir dann, Mister. Und dann können Sie die Lady wieder mitnehmen. Mit der haben Sie mir was auf den Hals geladen...«

Es war das erste Mal seit zwei Tagen, daß Tim wieder Lust zu grinsen hatte. Er grinste auch. Dann besorgte er Helenes Sandalen, ging wieder hinaus auf die Straße und bestieg den Seat...

Tomeu saß auf seinem Boot. Er hielt ein Holz in der Hand und war dabei, eingetrocknete Algen und Muscheln von einem Stück grüngestrichenem Blech abzuschaben. Er blickte erst hoch, als das Boot unter dem Gewicht Tims zu schaukeln begann.

»Hola!« Tomeu blinzelte gegen die tiefstehende Sonne: »Haben Sie sie gefunden, Ihre Frau?«

Tim schüttelte den Kopf.

»Tut mir aber leid. Wirklich...«

Tim setzte sich auf die Motorabdeckung und bot ihm Zigaretten an. Tomeu schüttelte nur den Kopf und machte weiter.

»Sagen Sie, Sie kennen doch die Leute, die hier Yachten haben, und die Schiffe selber, oder? Ich meine, ich spreche von Motoryachten...«

»Was habe ich schon mit Motoryachten zu tun?«

»Kennen Sie sie, oder kennen Sie sie nicht?«

»Kommt drauf an...«

»Es ist ein Schiff, das schon mal in Puerto Pollensa

angelegt hat. Und es könnte sein, daß es seinen Liegeplatz in Cala Ratjada hat...« Tim sog an seiner Zigarette und dachte an das, was der junge Guardia erzählt und ihm dann Helene Brandeis übersetzt hatte: »Eine große, eine sehr große Motoryacht. Ganz modern. Stromlinienförmiger Aufbau. Ein grüner Streifen um den Rumpf.«

»Hat sie ein Satelliten-Radar?«

»Das weiß ich nicht.«

»Hm«, machte Tomeu und legte sein Stück Blech endlich weg. »Könnte schon sein... Es ist eine brandneue italienische Yacht. Sie hat zwei grüne Streifen. Ein Riesending. – Und nicht nur das: Die hat sogar 'ne Art Seilbahn an Bord.« Er lachte. »Das ist so ziemlich die einzige Motoryacht, die ich kenne, mit bordeigener Seilbahn.«

»Seilbahn...?«

»Ja, zwei Drahtseile. Sie gehen auch unter Deck und zum Cockpit. Ein Segeltuchstuhl ist da eingeklinkt mit 'nem Gurt dran. Der Eigner nämlich ist...«

»Querschnittsgelähmt?« Tim brachte das Wort kaum heraus.

Tomeu nickte. »Er hat eine Finca in der Nähe von Capdepera. Ein Deutscher. Dann kennen Sie das Schiff doch?«

Tim schüttelte den Kopf. »Nein, ich kenne es nicht. Und wie ist der Name der Yacht?«

»Melissa«, sagte Tomeu.

17 Uhr

Die tiefstehende Sonne färbte die gekalkten Wände der Häuser, als Tim den Wagen in die Calle Mayor der kleinen Stadt steuerte. Er hatte keine Schwierigkeiten, die Bar zu finden. Er erkannte sie an der blauweißen ›San Miguel‹-Bierreklame, und an den beiden Polizei-Landrovers, die dort standen. Als er den Wagen auf der gegenüberliegenden Straßenseite stoppte, kam ihm schon Rigo entgegen: Die Hände in den Taschen schaukelte er schräg über die Fahrbahn.

»Was Neues, Doktor?«

»Zuerst Sie!«

Rigo grinste. Die grauen Stoppeln auf seinen Backen waren noch länger als zuvor, aber seine Verdrossenheit war wie weggeblasen. »Ja. Ne ganze Menge. Nach diesem Fischer wird nun auch hier gefahndet. Die alte Dame hatte recht. In der Zentrale wußten sie das nicht, aber sie haben sich inzwischen mit dem Drogendezernat der Policia Nacional in Verbindung gesetzt.«

»Ja nun, die Kompetenzen – was?!« Tim versuchte mit einem Grinsen gegen das heftige Schlagen seines Herzens anzukämpfen.

»*Exacto!* In Palma stehen sie alle kopf, der Teufel ist los. Mit Ihrem Fischer haben wir uns ja einen ganz dikken Rollstuhl-Komiker eingehandelt!«

»Sehr lustig«, sagte Tim. »Und meine Frau?!«

»Ein Hubschrauber ist bereits in Marsch gesetzt. Kann nicht mehr lange dauern. Er muß jeden Moment hier sein.«

»Hubschrauber? Wieso denn Hubschrauber? Himmel noch mal, was ist mit Melissa?«

Rigo sah ihn nur an.

»Hören Sie, Rigo, wenn Sie jetzt wieder sagen, alles kein Problem, beruhigen Sie sich, dann können Sie was erleben. Was soll das denn heißen, Hubschrauber? Wollen Sie da rein? Wollen Sie eine Aktion starten, wird es etwa 'ne Schießerei geben?«

Die Wachhunde dort oben? Und sicher gibt es nicht nur diese verdammten Köter, dachte Tim. Ein Mann wie Fischer, ein Drogenboß, ein verrückter Mafioso, wer kann denn wissen, was der für Gesindel bei sich hat, verdammt noch mal?! Irgendwelche Gangster, Bodyguards, Wachen hatte er sicher dort oben. Und dann der Hubschrauber! Was ihm seine Angst eingab, war eine dieser verrückten Szenen, die man im Film zu sehen kriegt: Ein Kommando, das mit Maschinenpistolen aus dem Hubschrauber springt. Schußsalven. Explodierende Sprengladungen. Und Melissa mitten in dieser Vernichtungshölle!...

Rigo warf ihm einen seiner kühlen, abschätzenden Blicke zu: »Der Hubschrauber, Doktor? Der Hubschrauber kommt, weil die Bude leer ist.«

»Welche Bude, Herrgott noch mal?«

»Fragen Sie das im Ernst? Son Vent natürlich. Fischer ist abgerückt. Und mit allem, was dazugehört. Dort oben bellen nur noch ein paar Hunde. Und die bellen so verrückt, daß wohl nicht viel mehr übrigbleibt, als sie umzulegen.«

»Abgerückt...«, wiederholte Tim tonlos.

»Ausgeflogen kann man nicht gerade sagen – er ist zum Hafen runter und weg.«

»Mit der ›Melissa‹, was?«

»Richtig. Und jetzt darf ich Sie auch was fragen:

Kommt Ihnen der Name nicht langsam etwas merkwürdig vor?«

Tim sah ihn an. Er konnte ihm keine reinwürgen, dafür nicht, wie auch? Und außerdem: Er fühlte sich viel zu zerschlagen. Aber ein Hubschrauber? Wenigstens war eins erreicht, sie nahmen dieses schreckliche, nein, dieses miese Spiel langsam ernst. Ein Hubschrauber, das bedeutete einen Großeinsatz, und vielleicht war Rigo doch gar nicht so übel... Wir werden ihn kriegen! dachte er mit einer jäh aufschießenden, wilden, verzweifelten Hoffnung. Ich werde ihn kriegen! Und dann knöpfe ich ihn mir vor...

Im Landrover knatterte die Funksprechanlage. Der Brigada schob den Oberkörper hinein, schnaufte vernehmlich, nahm den Hörer ab und brachte dann die Antwort in dem gemütlichen Singsang seines mallorquinischen Dialekts.

Tim fühlte, wie seine Fußsohlen in den Tennisschuhen zu prickeln begannen. Der Schweiß rann ihm über die Stirn. Er wischte ihn mit dem Handrücken ab, und dieses Mal war es nicht die Hitze, die ihm das Wasser aus den Poren trieb.

Da war auch Rigo schon wieder, Rigos Lächeln, die ganze in Fett gelagerte, tranige Gelassenheit, die durch nichts zu erschüttern war.

»Jetzt hören Sie mal, Doktor, da gibt's noch ein Problem: Ihre alte Lady... Sie hat irgendwas mit den Beinen, konnte nicht mehr so richtig gehen. Und deshalb haben wir sie drüben ins Café gesetzt, gleich über der Straße. Sehen Sie, da bei der Coca-Cola-Reklame? Ich wollte gerade zu ihr, aber jetzt gibt's ja Sie. Sie sind der Doktor, nicht ich.«

Tim nickte nur. »Okay«, wollte er sagen, umdrehen wollte er sich – aber er blieb stehen und legte wie Rigo den Kopf in den Nacken und führte dabei die Hand zur Stirn, um die Augen vor der Sonne zu schützen.

Das Geräusch hatte er schon zuvor vernommen, nur nicht richtig eingeordnet: Ein knatterndes Rauschen, ein rhythmisches Tak-tak-tak, so, als würde man ein schweres, nasses Handtuch in einem Kessel herumwirbeln. Und da war er schon: Die Rotoren flimmerten, die lange, gestreckte Libellenform hing über einem Dach, das aus den üblichen alterspatinierten Mönchs- und Nonnenziegeln bestand. Tim würde sich später noch an jede dieser Sekunden erinnern, selbst daran, daß vier Fernsehantennen auf diesem Haus montiert waren.

»Na schön, Doktor! Da kommt meine Kutsche. Bis später! Sie können mich ja in Pollensa anrufen.«

»Einen Scheiß werd' ich tun!«

Rigo konnte es sich leisten, mit Worten sparsam umzugehen. Es genügte, wenn er die Brauen hochzog. »Sie haben drüben einen Patienten, Doktor, wenn ich das recht verstehe.«

»Das verstehen Sie richtig. Aber der Patient steht einiges durch. Den kenne ich. Ich komme mit Ihnen!«

Das hörte Rigo gar nicht, denn er war gerade dabei, in seinen Landrover zu klettern. Es war jetzt genau siebzehn Uhr zwanzig. Und Tim war nicht bereit, Rigo und den Wagen abfahren zu sehen, zumindest nicht ohne ihn. Und da ihm nichts anderes einfiel, um es zu verhindern, griff er nach Rigos Uniformgürtel und zog daran.

Nun drehte der Brigada doch den Kopf, etwas wie Verblüffung im Gesicht. »Was soll denn das?«

»Nichts. Nur, daß ich mitkomme.«

»So, mitkommen? Wohin denn?«

Tim deutete unbestimmt mit dem Kinn zu den Dächern hoch. Der Hubschrauber war verschwunden, nur das helle Pfeifen der Turbine hing noch in der Luft. Er schien bei der Landung.

»Damit komme ich mit«, sagte Tim. »Wo ist er denn jetzt?«

»Auf dem Sportplatz. Und Sie gehen ins Café. Ist das klar?«

»Von wegen! Nichts ist klar.« Das stimmte. Für Tim Tannert gab es in dieser Sekunde nur eine einzige Realität, die ihn beherrschte: den Willen, koste es, was es wolle, dabei zu sein, wenn Verrückte, egal welcher Sorte, Melissa in Gefahr brachten. Wobei noch nicht einmal geklärt war, ob Melissa nicht selbst zu den Verrückten zu rechnen war. Aber auch dann...

Er hatte die Türe bereits aufgerissen und sich auf den Rücksitz des Landrovers geschwungen.

»Moment mal!« Rigo drehte sich um, die dunklen Augen blitzten warnend. »Doktor, ich bin nicht der Spaßvogel, für den Sie mich anscheinend halten.«

»Ich auch nicht.«

»Na schön. Dann raus.«

»Hören Sie, Rigo, ich kann Ihnen doch helfen. Wer weiß, was passiert... Schließlich bin ich Arzt... Und dies ist auch nicht mein erster Hubschraubereinsatz. Als Notarzt in Essen bin ich ständig in diesen Dingern herumgeschwirrt. Ich flieg' also mit. Seien Sie vernünftig.«

»Vernünftig? Ich?!«

»Nein, seien Sie nett, seien Sie lieb, seien Sie, was Sie wollen, aber lassen Sie mich mit, Herrgott noch mal!«

Rigo nickte mit dem Kopf seinem Fahrer zu: »Na, los schon, Tonio, fahr zu!« Und dann sagte er noch etwas: »Ich weiß einfach nicht, woran das liegt, Tonio«, sagte der Brigada Pablo Rigo, »warum muß so was immer nur mir passieren? Ich bin wie Fliegenpapier. Jeder Schwachsinnige, jeder Irre klebt an mir und macht mir das Leben sauer.«

Der Pilot hatte die Turbine nicht abgestellt, leise fauchend drehten sich die Flügel des Helikopters im Leerlauf, als sie aus dem Landrover sprangen.

Rigo sah Tim kurz an, dann machte er eine entschlossene Kinnbewegung zum Hubschrauber hinüber: »Na, los schon! Und ziehen Sie den Kopf ein.«

»Brauchen Sie mir nicht zu sagen.«

Sie liefen die ersten Schritte nebeneinander. Dann blieb Rigo stehen, winkte zu dem Wagen hinüber. Tim sah, wie der Fahrer heraussprang und nun, eine Maschinenpistole und ein paar Magazine in der Hand, herbeigerannt kam.

»Hätte ich beinahe vergessen«, knurrte Rigo. »Normalerweise haben sie das Zeug an Bord. Aber du weißt ja nie...«

Die seitliche Kabinenwand war für den Einstieg geöffnet. Die beiden Männer, die nebeneinander vor der Konsole der großen Maschine saßen, trugen Uniformen und orangene Helme auf dem Kopf. Der Pilot prüfte seine Anzeigen, grinste kurz, während sein Kollege in das Mikrofon sprach.

»Los schon, Doktor, Sie zuerst! Den Platz dort neben der Seilwinde.«

Tim nickte nur. Es war wahr. Er kannte dies alles, selbst den Geruch, das Turbinensingen, das sich dem Körper mitzuteilen schien, und nun das jähe, fahrstuhlähnliche Aufwärtssausen. Er hatte sich angegurtet, und durch das Glas der Kanzel sah er eine Burg, alte Mauern, die kleinen Häuser und Straßen... Hinter ihnen blieb Fischers Besitz, und vor ihnen weitete sich nun, von der Sonne mit ungezählten Reflexen geschmückt, das Waschbrettmuster der Wellen...

Wie lange waren sie nun schon in der Luft? Tim wußte es nicht. Zwanzig, vielleicht dreißig Minuten?... Er hatte versäumt auf die Uhr zu sehen, als der Hubschrauber abhob. Er kauerte auf dem schmalen, unbequemen Plastiksitz, vor sich die breiten Schultern des Brigada, der die Maschinenpistole auf seinen Oberschenkeln hielt. Ganz vorne die beiden orangefarbenen Schutzhelme der Hubschrauberbesatzung.

Wieder knatterte es im Lautsprecher. Der Pilot gab seine Meldungen. In regelmäßigen Abständen tauschte er spanische Sätze mit seiner Leitstelle aus.

Die Seitenwände der Maschine bestanden aus gewölbten, beweglichen Plastikschalen. Die rechte war zurückgeschoben. Der Fahrtwind fauchte herein. Er zerrte an Tims Haaren und erfüllte die enge Kabine mit dem Pfeifen der Turbine und dem Geruch nach Benzin und Auspuffgasen.

Unten aber, auf der blauen, von der tiefer stehenden Sonne nun goldüberglänzten Fläche der See – unten, dreihundert Meter tiefer vielleicht, krebsten über das tiefblaue, fast schwärzliche Wasser Spielzeugschiffe...

Es war ein schönes Bild, ein fröhliches Bild. Und Tim dachte daran, wie Melissa ihm beim Start nach Mallorca noch auf dem Flughafen in Riem eines der ›heiligen Versprechen‹ abgenommen hatte, auf denen sie so eifrig und mit dem tiefen Ernst eines Kindes zu bestehen pflegte.

»Wir fahren aber raus, mit 'nem Schiff, Tim Tannert! Das ist abgemacht, klar?«

»Klar. Ich miete mir ein Tretboot.«

»Von wegen Tretboot!«

»Dann ein Boot mit Motor.«

»Auch nicht.«

»Was mit Segeln dran, Tim!«

»Ich kann doch gar nicht segeln. Und auf dem Meer! Bist du verrückt?!«

»Wenn du schon in 'nem Millionärs-Hotel wohnen willst, Tim Tannert, und keinen Pfennig dafür zu zahlen brauchst, dann kannst du dir ja wohl für einen und zwei Tage ein Boot mit Besatzung leisten. Und wenn es nur ein einziger Seemann ist?«

»Okay.«

»Heiliges Versprechen?«

Und er hatte genickt.

Ein Boot mit Besatzung?...

Jetzt hatte sie es, ihr Boot mit Besatzung! Der Gedanke daran war wie ein Stich ins Herz.

Die Turbine veränderte ihren Ton, wurde noch heller, kraftvoller. Die ›Bel‹ legte an Geschwindigkeit zu, den plexiglasverkleideten Hornissenkopf nach unten gesenkt, stürmte sie vorwärts.

Sie waren bisher stets geradeaus geflogen, so wenigstens erschien es Tim, der sich ab und zu orientierte, indem er zurück zur Küste sah, wo sich die Berge von Capdepera im Dunst auflösten. Nein, es gab kein Zögern, keine Suchkreise, es ging immer geradeaus.

Er legte Rigo die Hand auf den Arm, beugte sich nach vorne und rief in Rigos Ohr: »Wo fliegt denn der hin?«

»Na, wo schon?«

»Ja, kennt er denn die Position?«

Rigo schüttelte den Kopf. »*No.* Aber die Richtung. Die da unten kennen sie.«

Die da unten? Die Hand des Brigada wies auf die Boote: »*Pescadores.* Fischer. Eine ganze Flottille. Die ›Melissa‹ ist mit Volldampf durch ihr Fanggebiet. Sie haben sich schwer geärgert, und als dann die Küstenwache anfragte, haben die sich den Kurs zusammengebastelt.«

Das also war es...

Tim lehnte sich zurück und schloß die Augen. Er hätte jetzt gerne eine Zigarette geraucht, aber das ging wohl nicht. Er würde das hinter sich bringen. Und das Rauchen wieder aufgeben. Ja, er würde es hinter sich bringen! Auch dieses wunde, schmerzende, angespannte Gefühl, das sein Gehirn vibrieren ließ und jeden Anflug von Müdigkeit und Erschöpfung verscheuchte.

Vielleicht war es auch die Furcht?... Was würde geschehen in fünf, in zehn, in zwanzig Minuten? Vor allem: Was würde mit Melissa geschehen? Melissa auf der Yacht ›Melissa‹...

Wahnsinn war das doch! Schrecklicher, verrückter, irrsinniger Wahnsinn, der sich als Realität kostümierte...

Da erlebte er nun die schlimmste Erfahrung seines Lebens und mußte zugleich erkennen, daß sie ihm nicht nur schrecklich, sondern auch grotesk erschien...

Es war nun das zweite Mal, daß sich Melissa aus der dumpfen, sumpfigen Umklammerung der Psychopharmaka zu befreien und die ersten Signale ihres erwachenden Bewußtseins zu entziffern suchte: Gedankenfetzen. Bilder. Dann Geräusche... Das klopfende Brummen eines schweren Motors, ganz fern nur. Ein Wiegen, das sich wie ein Gewicht auf ihren Körper legte – und das Klatschen von Wellen...

Sie zog die Ellbogen an, um sich aufzusetzen. Ihre Sehnerven begannen zu arbeiten. Ihr Mund war trokken, die Kehle auch, die Schläfen schmerzten, aber sie nahm ihre Umgebung endlich wahr: Schimmernde Mahagonifurniere, zwei Ledersessel, einen Einbauschrank, und wenn sie den Kopf drehte, konnte sie die ovale Form eines Bullauges erkennen. Und draußen schaumige Fetzen, Wasser, das vom Kiel eines Bootes hochgeworfen wurde.

Ein Schiff!

Sie war auf einem Schiff. Lieber Gott, auf welchem Schiff?!

Sie preßte die Kuppen ihrer Finger gegen die Kopfhaut, schob sie hin und her, massierte dann die Schläfen in dem verzweifelten Versuch, diesen unangenehmen, stechenden Druck loszuwerden, spürte, wie ein heißes, schmerzendes Gefühl in der Nase entstand, ihre Augenhöhlen ausfüllte und in die Stirn stieg.

Denken... nachdenken! Was ist geschehen? Ja, die Spritze, das weißt du doch. Die Spritze und diese scheußliche Szene, als Matusch dich festhielt, grob und brutal, wie der Metzger ein Schlachtkalb.

Fischer hatte injiziert... Und die Dosis konnte nicht so stark gewesen sein, wie beim ersten Mal. Sonst könntest du dich nicht sofort erinnern.

Sie rieb mit beiden Handballen die Augen, versuchte aufzustehen, aber eine heftige Bewegung des Schiffes warf sie aufs Bett zurück. Ein kleines Schiff mußte das sein. Wie spät?

Sie sah auf ihre Armbanduhr: Kurz vor sechs. – Auf einem Schiff also, verladen wie ein Postpaket. Und wo schickt er dich hin? Ob er selbst an Bord ist? Was war geschehen? Die Terrasse... Dann der Fluchtversuch über die Mauer, der so kläglich scheiterte...

Kurz vor sechs. Lieber Gott, hoffentlich derselbe Tag?!

Dies alles macht mich so traurig, mein Herz.

Das war noch auf der Terrasse gewesen. Doch da fielen auch noch andere Sätze. Was hatte er gesagt, als Matusch sie in sein Arbeitszimmer und vor seinen Rollstuhl getrieben hatte?

Schlimm für uns beide, Melissa.

Und weiter: *Zum Reden haben wir keine Zeit. Später.*

Warum nicht? Wieso hatte er ihr nicht einen seiner üblichen Vorträge gehalten? Was hieß: *Zum Reden haben wir keine Zeit?* Und was verstand er unter: *Später?*

Und da war noch ein Satz, nicht an sie, sondern an

Matusch gerichtet: *Hat noch mal gefunkt. Wir müssen uns beeilen.*

Das Schiff hier. War Fischer vielleicht auf der Flucht? Und wenn, vor wem? Der Gedanke warf einen Schauer über ihren Rücken. Hatte sie das Gefängnis auf dem Land mit einer Zelle auf dem Meer getauscht?

Sie brachte das Gesicht an die runde Luke. Weit draußen am Horizont, der immer wieder von hochlaufenden Wellenkämmen zerrissen wurde, zog ein Tanker seinen Kurs. Dort gab es Menschen. Dort wäre Hilfe. Dort gab es ein Funkgerät, um Tim zu rufen...

Es wurde ihr wieder übel. Sie hielt sich fest, sah das Waschbecken, das auf der anderen Seite in einen Schrank eingelassen war.

Sie schaffte die drei Meter, öffnete den Hahn, schöpfte Wasser mit beiden Händen und wusch sich das Gesicht, wieder und wieder. Sie machte ihr Haar, die Kopfhaut, die Schläfen damit naß und versuchte dann mit kurzen, schnellen Schlägen an die Wangen das Denken zu mobilisieren. Eine neue, genauso verrückte Situation wie zuvor... Was jetzt? Es mußte ihr doch eine Lösung einfallen. Irgend etwas, das man tun konnte, statt dämlich zur Resignation verurteilt, abzuwarten. Verdammt, wann fängt der Apparat in deinem Kopf endlich an zu funktionieren?

»Nichts, als eine Maschine ist der Mensch, mein Herz. Nichts, als ein System...« Und wieder hörte sie Fischers Worte: »Ein System, das sich beeinflussen läßt, von der Arbeit der Neurotransmitter, der Ladung der Energie in den Nervenbahnen bis zum Zusammenspiel der hormonellen Stoffe – alles beherrschbar...«

Sie kämpfte den Wunsch nieder, sich zu übergeben.

Dann, als ihr Magen aufhörte zu schmerzen, wurde ihr fast schlagartig besser. Nicht warten, das war es! Irgend etwas unternehmen, sich auf die neue Lage einstellen – egal wie.

Wieder rollte das Schiff schwer. Melissa taumelte, hielt sich an der Klinke fest und drückte. Abgeschlossen! Schön, das war nun wirklich nicht neu. Vielleicht konnte man sich sogar daran gewöhnen. Und Gott sei Dank gehörte es nicht zu seinem Stil, sie auf die Dauer einzusperren. Das hatte er auf Son Vent bewiesen. Je entschiedener sie ihm aber zeigte, daß sie sich diese Behandlung nicht gefallen ließ, um so besser.

18 Uhr 10

Sie hämmerte mit den Fäusten gegen die Tür: »Aufmachen!« Dann schrie sie nicht länger, sondern sah sich im Raum um, fand einen schweren Aschenbecher, nahm ihn in die Hand. Das Holz splitterte, als sie das Messing gegen die Tür donnerte.

Von außen rief ihr jemand etwas zu. Sie ließ den Aschenbecher sinken, behielt ihn aber in der Hand.

Die Türe öffnete sich. Ein junger Mann stand vor ihr, offensichtlich ein Besatzungsmitglied. Er trug ein blauweiß gestreiftes T-Shirt und dunkelblaue Hosen. Das Gesicht drückte eine Mischung von Drohung und Verlegenheit aus.

»Bitte, Señora, was tun Sie da?«

»Ich will raus! Wo ist Fischer?«

»Bitte, Señora, *un momento*...«

Es kostete ihn nicht viel Mühe, sie zurückzustoßen.

Schon schnappte der Riegel wieder zu. Sie überlegte, was sie unternehmen konnte, ging wieder zum Waschbecken, nahm einen Schluck Wasser, um das trockene Brennen in ihrem Mund zu löschen. Als sie sich umdrehte, stand die Türe offen.

»Bitte, Señora!«

Sie betrat einen beleuchteten Gang. Der Boden war mit einem senfgelben Teppich mit blauen Mustern ausgelegt. Am Ende befand sich eine gläserne Schwingtür. Sie öffnete sie. Das erste, was sie sah, war die dunkle, fast quadratische Silhouette seines Oberkörpers. Und das Licht, das seine Brillengläser reflektierten.

Er saß ihr gegenüber, auf der anderen Seite des eleganten, überraschend großen Raums, der anscheinend der Salon der Motoryacht war. Über seine Schulter hinweg konnte sie das Meer erkennen und die beiden weißen Gischtflügel am Heck. Die Motoren liefen auf hohen Touren. In dem Raum gab es bequeme Ledersessel, einen Tisch, der von zwei gleichfalls mit schwarzem Leder gepolsterten Bänken eingefaßt war. Links eine Bar, rechts eine kleine Bücherwand und davor zwei funkelnde Stahlkabel, die die ganze rechte Seite umliefen und unter Fischers Sitz endeten und deren Sinn sie nicht begreifen konnte.

Und noch etwas gab es: Das Bild einer Frau, deren nackter Körper von langem, rotgoldenem Haar verhüllt war: Es war eine Kopie oder eine Farbfotografie des Gemäldes, das sie schon auf Son Vent gesehen hatte.

»Mein Herz«, hörte sie die träge, amüsierte Stimme, »du hast dich aber rasch erholt. Ich freue mich.«

»Ja«, sagte sie wütend. »Und als ich von diesem Dreckszeug erwachte, das du mir gegeben hast, fand ich die Tür wieder abgeschlossen.«

»Dreckszeug?« Auf den zweiten Teil ihres Vorwurfs ging er nicht ein. »Aber hör, Melissa...« Wieder sein Lachen. »Gerade in deinem Fall dosiere ich mit soviel Zartheit, Erfahrung und auch Können, wenn du erlaubst, daß man von Dreckszeug wohl kaum reden kann. Du selbst bist, würde ich meinen, der Beweis dafür.«

Wieder bewegte sich der Boden unter ihr. Die Übelkeit stieg ihr erneut in den Magen. Sie hielt sich an einer der Säulen fest, die das Kabinendach trugen. »Was soll das, Fred? Wieso sind wir hier? Was hast du vor?«

Das Gesicht konnte sie noch immer nicht erkennen, doch seine Stimme war verändert. Ihren ironischen Unterton hatte sie behalten, aber nun klang sie härter, heller und entschlossen.

»Welche Antwort willst du hören, Melissa? Matusch hat dich an der Mauer erwischt. Rüberklettern, davonlaufen? Aber nein!... Wenn du mich fragst, war das ein Domestiken-Entschluß, ziemlich stillos, meine Arme...«

»Was hast du erwartet?«

»Ja, da hast du recht, mein Herz: Ich konnte, durfte nichts anderes erwarten. Noch durfte ich das nicht...«

Sein Körper bewegte sich nun, fast lautlos, und diese Bewegung war begleitet von dem leisen Summen eines Elektromotors. Wie ein Kartonsoldat auf einem Jahrmarkts-Schießstand glitt er auf den Tragkabeln die Kabine entlang. Der Anblick war beklemmend und unheimlich. Kurz vor ihr kam er zum Stehen. Nun sah sie sein Gesicht. Er lächelte nicht. Die Augen hinter den Brillengläsern waren schmal.

»Gut, vielleicht sind wir quitt. Es war die zweite Spritze. Und Injektionen sind nie angenehm, auch nicht so schwache, wie du bekommen hast.« Er lachte leise, und es war kein gutes Lachen. »Ich habe dich überfordert, nicht wahr, mein Herz? Es wird sich ändern. Jetzt wird alles anders sein...«

»Und was wird anders sein?«

»Nun, wie soll ich sagen? Nennen wir es die Voraussetzung unseres Zusammenseins, Melissa.«

»Die Voraussetzung?«

»Aber sicher. Siehst du, vielleicht habe ich einen großen Fehler begangen, dich zuerst nach Son Vent zu bringen. Ich wollte das Gut ohnehin für einige Wochen oder Monate – nun, sagen wir mal, nicht mehr sehen... Und dafür gibt es verschiedene Gründe... Sie brauchen dich nicht zu interessieren. Oder tun sie das?«

Eine rhetorische Frage, wie meist. Es erübrigte sich, ihn nach Gründen zu fragen. Schon sein Blick, dieser wachsame, lauernde Blick sagte es ihr.

»Na, jedenfalls, ich hatte die Absicht, gleich mit dir auf das Schiff zu gehen, Melissa. Gestern schon. Aber da waren noch einige Dinge, die dringend erledigt werden mußten, ehe wir abfahren konnten. Und dann...« Sein Lachen! Der breite, rote Mund verzog sich zu einer Grimasse, die wohl Spott ausdrücken sollte: »Dann, Melissa, hast du auf deine Weise die Initiative in die Hand genommen.«

Ihr war nicht nach Witzen zumute. Sie setzte sich auf die Bank, die den Salon umlief, und starrte ihn an: »Wohin fahren wir, Fred?«

»Wohin? Melissa, soll ich dir ein Geheimnis verraten? Die Welt ist nicht nur rund, sie ist auch schön... Und ein zweites? Ich habe die Mittel, ich habe sie wirklich, der Welt das Schönste vom Schönen abzugewinnen. Siehst du, so einfach ist das...«

»Nichts ist einfach. Wohin?«

Sein Lächeln blieb. Er sollte es patentieren lassen, dachte sie erbittert.

»Zunächst fahren wir nach Marbella. Dort habe ich einige Freunde, sagen wir besser Geschäftspartner, die ich besuchen muß. Sie haben vielleicht nicht ganz den Stil, der mir liegt. Aber sie wissen zu leben. Und was wichtiger ist: Sie werden dich mit offenen Armen empfangen. Sie werden dich wie eine Königin behandeln.«

»Schon wieder?«

Auch das vermochte ihn nicht zu erschüttern. »Selbstverständlich. Wie eine Königin. So wie du das verdienst, Melissa. In einem königlichen Rahmen.«

»Und dann?«

»Und dann...« Die braunen Finger Fischers spielten ihr übliches Ballett auf der Steuerkonsole des Stuhls. Der Zeigefinger richtete sich auf, er hob den Arm, doch es schien, als ziehe dieser ausgestreckte Finger, der irgendwo ins Unbestimmte deutete, den Arm nach sich. Vielleicht war dies eine ganz normale Bewegung, doch die Art, wie er sie ausführte, dieses Lächeln, seine gewundenen Gedanken... Sie wußte nicht, was er zu sich genommen hatte, eines aber war für sie nun klar: Er stand unter der Wirkung irgendeines seiner Mittel!

»Was siehst du mich so an?«

»Tu' ich das?« Nun lächelte auch sie. »Entschuldigung, falls es dich stören sollte.«

»Es stört mich. So wie du blickst, stört es mich. Mach ein nettes Gesicht.«

»Und was ist das?«

Nun kicherte er. Es schien eine Frage nach seinem Geschmack. »Richtig! Nett? An dir ist nichts nett. Nett, das sind Küchenmädchen oder Sekretärinnen. Aber ich kann nicht sagen, mach ein schönes Gesicht. Das hast du schon. Das ist nun einmal das Wesen der Vollkommenheit. Der Mensch findet in seiner Sprache keine Bezeichnung dafür.«

Sie schloß die Augen. Vielleicht war die Stimme weniger schlimm, als sein irrer Blick... »Wohin fahren wir?« sagte sie. »Darum ging es.«

»Das ist doch völlig unwesentlich. Ich rede von Vollkommenheit, Melissa. Und es geht nicht um die Vollkommenheit der Form, sondern um die Vollkommenheit des Lebens. Ich habe diese Möglichkeit der Vollkommenheit in der Hand. Sie wurde mir nicht geschenkt, ich habe jahrelang daran gearbeitet, hart gearbeitet.«

»Du meinst deine Drogen?«

»Drogen... Ach, Melissa, was für eine idiotische Bezeichnung. Ich glaube, es gibt kaum ein Wort, das so schrecklich abgenutzt, mißbraucht und beleidigt worden ist... Vielleicht sollte man von einem Schlüssel sprechen – was hältst du davon?... Der Schlüssel zu den wahren Wünschen, die wir in uns tragen, der Schlüssel des Himmelreichs, das wir uns selbst erbauen können...«

Fischer hatte das Geräusch als erster gehört. Sein Arm, der sie gerade sanft berühren wollte, sank herab, und der schwere Kopf drehte sich lauschend.

Da war es wieder: Ein Knattern, die Abfolge vieler kleiner, fauchender Schläge, nun stärker, drängender, lauter.

Ein Hubschrauber? Das konnte nur ein Hubschrauber sein...

Wieso hier? Was wollte er? Sehr niedrig mußte er die Yacht anfliegen, denn das Turbinenpfeifen füllte die ganze Kabine. Sie sah Fischer an. Der sagte noch immer nichts, zog nur die Unterlippe zwischen die Zähne. Er legte den Kopf dabei schief und sah sie an, als erwarte er von ihr eine Antwort. Fragend, doch nicht einmal überrascht, eher beleidigt, daß jemand es wagte, seine Ausführungen auf eine so ordinäre Art zu unterbrechen.

Es gab noch eine zweite Störung: durch Matusch. Er kam nicht durch den Kabineneingang, er hechtete förmlich herein, schmal, federnd. Vorbei war es auch mit der herablassenden Miene. Sein Gesicht zuckte nervös.

»Küstenwache, Doktor! Wir sollen beidrehen!«

»Was heißt hier Küstenwache? Außerdem, sind wir denn nicht...«

»Nein, wir sind noch nicht in internationalem Gewässer, Doktor. Ich kann es jetzt nicht abchecken... Die aber verlangen, daß wir die Maschinen stoppen.«

Das Knattern wurde lauter. Fischer warf einen erbitterten Blick in die Richtung, aus der es kam, doch er sagte nichts. Er nahm die Brille ab. Er betrachtete sie, als überlegte er, ob es nicht besser sei, eine neue zu kaufen. Dann setzte er sie wieder auf: »Ja nun, Matusch... Und jetzt? Was würden Sie vorschlagen?«

»Was ich vorschlagen würde?« Es war, als spucke ihm Matusch die Frage vor die Füße. »Das ist gut! Sie gefallen mir, Doktor. Wir haben fast eine Tonne Stoff an Bord – und Sie fragen mich, was ich vorschlage?«

»Wieso denn nicht?«

Sein Lächeln zumindest hatte Fischer wieder, dieses luftige, beinahe träumerische Lächeln eines Wahnsinnigen: »Das muß ich doch, Matusch. Wer ist denn Spezialist für solche Situationen? Sie doch. Oder sagen wir mal, als solcher wurden Sie mir von Ihrer Organisation empfohlen. Und dafür kassieren Sie auch ein Vermögen.«

Von Matusch kam ein ungeduldiger, knurrender Laut. Er bewegte den Mund, doch der Lärm des auf hohen Touren laufenden Bootes wischte seine Worte fort.

»Los schon, Matusch! – Also?!«

Fischer zupfte an seiner hellblauen Jogginghose. Sie schien nur aus Leere und Luft zu bestehen. »Ich höre, Matusch...«

Der starrte ihn nur an.

Fischer kicherte leise: »Wollen Sie denn stoppen?«

Matusch drehte sich um und riß den Hörer der Sprechanlage von der Wand: »Gib Gas!« fauchte er. »Hörst du, Gas! Und nicht geradeaus weiter, geh auf Zickzack-Kurs!«

Noch einmal huschte der Blick seiner grauen Augen von Fischer zu Melissa. Dann rannte er hinaus.

»Gib Gas!« höhnte Fischer. »Kopf einziehen, Augen zu und durch. Das ist alles, was ihm einfällt. Mein Gott, was für ein Kretin...«

»Eine Tonne Stoff an Bord, hat er gesagt... Was ist das, Fred?«

»Ach, Melissa, fängst du auch noch an?« Fischers Lächeln war von milder, resignierender Nachsicht. »Interessiert dich das denn wirklich?«

Er schüttelte den Kopf. »Beilegen«, sagte er dann träumerisch, »Maschinen stoppen? Willst du etwas wissen, Melissa: Ich lege niemals bei. Und meine Maschine stoppt kein anderer...«

Langsam griff er in seine rechte Jackentasche, zog ein kleines Kästchen heraus, mit dem er einen Augenblick versonnen spielte. Während das Geräusch, dieses helle, hohe Singen noch immer das Boot zu zerschneiden schien, versank er in seinem sonderbaren Lächeln. Selbst die Augen hatte er geschlossen. Nun öffnete er sie. »Es wäre eine schöne, sehr schöne Reise geworden, mein Herz. Auch wenn du nie daran geglaubt hast... Vielleicht fehlte es dir ein wenig an Fantasie, aber ich sage dir: Das Glück, das vollkommene Glück hielt die Arme bereits geöffnet, um uns zu empfangen. – Nun ja, vielleicht hat auch das jetzt seinen Sinn...«

Das jetzt?

Zwei schwere Motoren, die aufbrüllten, die Yacht, die ihren Kurs änderte und dabei so weit überrollte, daß sich Melissa festklammern mußte, um auf den Beinen zu bleiben. Vollgas!... Nun war nicht einmal mehr die Maschine zu hören, der Boden, der Rumpf zitterte. Fischer aber lächelte, glitt von ihr fort, die Hände über dem Kästchenschloß gefaltet, langsam, glitt an der Kabinenwand entlang, eine überlebensgroße Puppe, die, wie von einer unsichtbaren und unbezwingbaren Kraft geleitet, dem Eingang zustrebte.

Nun kam die Bewegung ganz plötzlich zum Stehen. Fischer streichelte sein Kästchen. Dann ließ er es los und betrachtete seine Hände. Nur die Fingernägel waren ihm interessant, was dort draußen war, schien ihn nichts anzugehen. Doch er sprach wieder. Sehr laut, jedes einzelne Wort artikulierend, wobei er den Mund auf sonderbare Weise spitzte. Er schien großen Wert darauf zu legen, daß sie ihn auch verstand. Und das tat sie.

»Tut mir leid, mein Herz«, sagte Fischer. »Doch leid, nein, damit wollen wir nicht beginnen... Weißt du, daß Madalena, du kennst sie doch, die dicke Haushälterin auf Son Vent – weißt du, daß sie etwas sehr Kluges gesagt hat? Sie schlachtete mir ein Huhn. Und als Madalena das Beil hob, sagte sie: *Todo tiene su fin*. So ist es nun einmal, für die Madalenas dieser Welt: Alles hat sein Ende. Aber nicht für uns.«

»Fred! Hör doch.«

Er schüttelte den Kopf. »Nein, das tue ich nicht. Du hörst. Es gibt eine größere Reise, mein Herz, auch wenn du es nicht glaubst. Es ist die Reise der Reisen, der absolute, der totale Trip... Melissa – entscheiden wir uns doch dafür: Warum treten wir diese Reise nicht an? Was meinst du? Und du wirst staunen, wie einfach das ist...« Sein Kinn hüpfte, als er nun wieder zu kichern begann. Und seine Augen! Diese schrecklichen Augen, über denen ein sonderbarer, goldener Glanz zog, Augen, die im Fieber zu schwimmen schienen.

»Wirklich. Sieh mal, hier... Keine Taste und kein Knopf, dieser kleine Hebel – hübsch, nicht wahr? Ja, komm näher. Ich drücke ein wenig – und schon ist es geschehen. Die Reise geht ab. Unsere Reise, Melissa!

Hier verlieren wir nichts. Das haben wir doch nicht nötig! Zu fliehen? Du oder ich? Uns ist Größe vorgezeichnet. Die Größe der Vollkommenheit... Doch wer wird das schon verstehen?... Gehen wir doch... Kein goldener Schuß, Melissa, die goldene Detonation, der wirkliche, der große Knaller, der Big-Bang, mit dem das Leben in dieser Welt...«

»...in dieser Welt.« Es war das letzte Wort des gespenstischen Appells, das sie aufnahm. Und auch das letzte, das Fred Fischer in seinem Leben sprach. Selbst später noch, als ihr Verstand gelernt hatte, zu begreifen, was in dieser Sekunde geschah und wie es geschehen konnte, erlebte sie immer wieder dieses eine einzige Bild.

Sie sah nur, daß Fischers Brille aus seinem Gesicht verschwand. Die Brille flog durch die Luft. Sie zersplitterte an der Bar? Sie wollte darauf zugehen, die Hand ausstrecken und drehte sich noch einmal um. Fischer? Sein rechtes Auge... Das Auge, das sie gerade angesehen hatte?!

Dort öffnete sich, wie eine schreckliche Blume, ein dunkelgezacktes, rotes Loch...

»Fred!« Schrie sie es, dachte sie es.

Sein Oberkörper begann nach vorne zu sinken, der Sessel hielt ihn, aber der Kopf pendelte über den Knien, als das Boot überholte...

18 Uhr 23

Melissas Nerven drehten durch. Was sie tat, sie wußte es nicht. Was geschehen würde, es war ihr vollkommen gleichgültig. Irgendwo war eine Stimme, irgend jemand schrie. Die Frau, die nicht mehr sie selbst war, schrie, fiel vornüber, zog sich an einem stählernen Türrahmen wieder hoch – weg, raus! Die Reise der Reisen...

Ein greller Schmerz brachte sie zur Besinnung. Sie hatte sich das Knie angeschlagen. Sie blickte mit tränenden Augen nach oben.

Ein Abendhimmel, so lodernd wie ein Steppenbrand. Schäumendes Wasser. Eine weiße Sitzbank. Und schräg, fast zum Greifen nah, plexiglasfunkelnd der große Insektenkopf des Hubschraubers...

»Achtung: *Drehen Sie bei!*«

Eine Hand schleuderte sie auf die Polster. Eine Stimme sagte: »Dreh bloß nicht auch noch durch!«

Matusch.

Er hielt eine große Pistole in der Hand. Das blonde Haar wirbelte um seinen braungebrannten Totenschädel. Doch die Augen waren ganz ruhig.

»Ich mußte das tun!« brüllte er durch den Aufruhr. »Er war verrückt! Immer war er das! Vielleicht weißt du das noch besser als ich... Aber daß da unten im Rumpf neben all dem anderen noch ein paar Kilo Sprengstoff liegen, das hast du nicht gewußt. Und auch nicht, daß er die Funksteuerung für den Zünder in der Hand hatte.«

Das hörte sie. Und verstand es nicht. Sie kauerte sich zusammen, als er ihr jetzt die Hand auf die Schulter legte: »Was ist los mit dir? Was regst du dich noch auf? Hör mal: Du zumindest hast es jetzt doch hinter dir – oder?«

Matusch betrachtete nachdenklich die Pistole. Er

warf sie in einem flachen Bogen über die Reling ins Wasser.

Der Hubschrauber sank noch tiefer. Die Kufen schienen den Radarmast zu berühren. Und dann drang vom Himmel wieder die Lautsprecherstimme, übertönte Lärm, Wasserrauschen, das Rotorschlagen und das Kreischen der Motoren.

»Ich wiederhole: Drehen Sie bei und stellen Sie die Maschinen ab! Und noch was: Wir haben Sie genau im Visier. Lassen Sie die Frau in Frieden! Machen Sie keinen Unsinn, sonst wird geschossen!« Die Worte wurden deutsch gesprochen!

Matusch warf nicht einmal einen Blick zum Hubschrauber. Gebückt lief er zum Cockpit hoch und verschwand.

Die Motoren verstummten.

Und wieder fiel die blecherne Erzengelstimme vom Himmel: »Sei ganz ruhig, Kleine«, klang sie. »Es ist vorbei...«

»Die Reise der Reisen...«, sagte Tim versonnen.

Eigentlich wollten Melissa und Tim Tee trinken, Helene Brandeis jedoch bestand auf Champagner: »Also das ist ja nun wohl das mindeste, was ihr mir schuldig seid!«

Und so tranken sie im Pavillon, wie es damals vorgesehen war, zu einer Zeit, die nicht mehr wahr war, weil sie Jahrhunderte zurückzuliegen schien – tranken aus geschliffenen Kristallgläsern ›Freixenet brut‹. Ein Kellner hatte ihn hinauf zum Pavillon gebracht. Auf der Balustrade funkelte der silberne Kübel mit dem Eis; die

Säulen warfen schwarze, schräge Schatten, die Oleanderbüsche dufteten, und vom Tennisplatz kam das Plop-plop der Bälle. Wie immer sie die Sache auch angingen, die Vernunft spielte nur dann mit, wenn das Gefühl sie an der Hand nahm. Oder der Humor. Der schwarze...

»Die Reise der Reisen«, wiederholte Tim, drehte den Stil seines Glases zwischen Daumen und Zeigefinger und sah dem Spiel der Bläschen zu, die so fröhlich zerplatzten.

»Vielleicht hatte er diese Reise von Anfang an geplant?« sagte Melissa. »Vielleicht war das seine Idee vom vollendeten Glück: In die Luft zu fliegen – mit mir, einer Tonne Drogen und seinem Lebenswahn von Größe und Herrlichkeit? Vielleicht ist ihm der Rest schlicht langweilig geworden? Mag ja sein...«

Ihr Glas war halb leer. Sie stellte es ab. Es schmeckte ihr plötzlich nicht mehr. Sie lehnte sich zurück, sah Tim an und schüttelte den Kopf: »... Also ehrlich, wer hat dir das bloß beigebracht?« Sie mußte husten, als sie versuchte, ihn nachzuahmen: »Drehen Sie bei! Stellen Sie die Motoren ab! Wir haben Sie genau im Visier...«

»Hatten wir auch. Der Dicke hatte... Und einer mußte ja Deutsch reden.«

»Ich frag' mich, wo du das gelernt hast? Und so richtig lebensecht, wie das aus dem Lautsprecher kam.«

»Hab' ich aus dem Kino. Nein, im Fernsehen gab's mal so 'ne alte Serie über die Hafenpolizei.«

»Hab' ich mir gedacht.«

Die alte Dame lachte leise und hüllte sich in Qualmwolken.

Melissas Augen wurden smaragdgrün wie ein Bergsee. Ihr Zeigefinger spielte mit einer Locke: »Seht ihn an! Was für ein Lebensretter! So habe ich ihn mir immer vorgestellt.«

»War er ja gar nicht«, meinte Helene Brandeis und ließ Champagner in die Gläser schäumen, zuerst ins eigene, dann in Melissas Glas. »War der Blonde! Dieser Matusch. Ein echter Mafioso. Rigo hat mir das gesagt. Und ich hab' ihn nicht ein einziges Mal gesehen – mein Gott!«

»Vielleicht läßt sich ein Foto besorgen? Mit Widmung.« Melissa zerrte nun an ihrem Haar. »So schön war der wirklich nicht, Helene. Als ich da über die Mauer wollte...«

Doch wieso sollte sie die Geschichte aufwärmen? Etwas anderes fiel ihr ein: »Da war ein rotes Auto. Ein Seat. Deshalb griff ich auch ganz frisch in die Drähte und holte mir 'nen Schlag. Habt ihr dort gewartet?«

»Wir?« Sie sagten es gleichzeitig und sahen sich an. »Wieso? Und deshalb bist du?...«

»Na und?...« Melissa lehnte sich zurück und blinzelte über die blaue Bucht: »Gar nichts – nur etwas, das ich mir hätte ersparen können, wenn man das alles so bedenkt...«

»Ist das vielleicht schön, am Leben zu sein!« meinte Helene Brandeis weise. »Vor allem hier... Von diesem Urlaub könnt ihr noch euren Enkeln erzählen.«

Sie lachte ihr rauhes, heiseres Lachen: »Ich leider nicht. Hab' keine. Hätte ich mir damals hier im Pavillon, ja, genau hier in meinem Stuhl etwas mehr Mühe gegeben, dann vielleicht...«

Doch sie sprach den Satz nicht zu Ende. Wozu auch? Die beiden waren ja schon wieder beim Schmusen? – Na ja, dann auf sie! – Und die Liebe!...